대학생을 위한
SNS 글쓰기

대학생을 위한
SNS 글쓰기

정성현 · 하경숙 · 김정인 저

學古房

SNS시대, 강력한 의사소통의 도구 〈글쓰기〉

누구나 자유롭게 자신의 생각을 글로 표현하는 시대이다. SNS를 통한 소통이 보편화되면서 자신의 일상이나 새로운 경험을 SNS를 통해 불특정 다수의 사람들과 공유하고 있다.

우리는 하루에도 수없이 다른 사람과 소통하기 위해 '인스타그램, 페이스북, 카카오톡' 등 SNS 글쓰기를 한다. 그러나 어떤 SNS 글은 수많은 조회수와 '좋아요'를 부르고 원만한 관계를 지속하는데 큰 도움을 주지만 어떤 글은 오히려 상대방에게 많은 오해를 사거나 불편한 관계를 초래할 수 있다.

일반적으로 면대면 상황에서의 커뮤니케이션은 비언어적인 것까지 파악할 수 있어 상대방의 모습을 통해 말하는 사람의 의도와 감정을 쉽게 이해할 수 있다. 그래서 상대가 표현하지 않은 숨은 의도까지 읽어낼 수 있다. 그러나 SNS 상에서는 오직 자신이 사용한 글과 이미지 등으로 자신의 생각이나 감정을 전달해야 한다. 그러므로 오히려 직접 만나서 소통하는 것보다 글쓰기를 하는데 더욱 신중해야 한다.

현대는 다양한 분야에 있어서 개인의 개성을 철저히 여기고 자신의 관점과 생각을 매우 중요하게 신중해야 하고, 간결하면서도 설득력있게 쓸 수 있어야 한다. 이를 가장 효과적으로 표현할 수 있는 방법이 글쓰기이다. 특히 SNS 글쓰기는 공유의 기능이 강하기 때문에 보다 명확하고 신중하게, 간결하면서도 설득력있게 쓸 수 있어야 한다.

이 책은 다음과 같은 순서로 구성되어 있다.

1장에서는 SNS시대 글쓰기의 의미를 살펴보고 소통의 방법을 모색하고자 했다. 다양한 매체가 발달하였지만 여전히 글쓰기가 우리 삶에서 가장 중요한 도구로 인식되고 있다는 것을 구체적으로 설명하고 있다.

2장에서는 SNS시대 글쓰기의 방법에 대해서 살펴보고 매체에 맞는 글쓰기 방법에 대해 모색하고자 했다. 관계기반 SNS의 특징을 알고 전략을 수립하도록 하고 있다. 자주 노출되고, 호응받을 수 있는 글쓰기 방법에 대해 구체적으로 살펴보고 있다.

3장과 4장에서는 대학생을 대상으로 다양한 종류의 글쓰기를 점검하고 실제 학습활동을 통해 익히고자 한다. 대학생들이 실생활이나 학교생활에서 필요한 글쓰기의 방법을 정확히 알고, 자신의 목적에 알맞은 글을 쓰도록 설명하고 있다.

5장과 6장에서는 이 시대에 필요한 공유와 협업하는 방법을 중심으로 글쓰기 방법을 찾고자 한다. 공유와 협업을 함으로써 얻을 수 있는

장점과 단점들을 구체적으로 살펴보고 상황에 맞는 글쓰기를 연습하고
자 한다.

7장에서는 자주 틀리기 쉬운 맞춤법에 대해 점검하고, 올바른 언어습
관을 함양하도록 하고자 한다.

이 책을 통해 대학생활에 반드시 필요한 다양한 글쓰기의 방법을
알고, SNS 매체의 특징과 이를 기반으로 한 글쓰기를 차근차근 익혀보
기를 바란다. 더불어 정보의 홍수속에서 자신에게 필요한 정보가 무엇
인지 진단할 수 있고, 자신의 생각을 성찰하는 동시에 타인에게 올바른
정보를 전달하고, 상황에 맞는 적절한 글을 쓸 수 있기를 희망한다.
SNS 글쓰기를 통해 성공적인 대학생활과 보다 자신감있고 밝은 미래
를 준비하는 학생들을 하루 빨리 만날 수 있기를 기대해본다.
이 책을 내며 변함없이 우리를 지켜주는 소중한 사람들에게 고마움의
인사를 전한다. 촉박한 일정에도 불구하고 이 책에 특별한 애정을 쏟아
주신 학고방 출판사에 감사의 마음을 전한다.

저자 일동

◆ 목차 ◆

Chapter 1

우리 시대와
SNS 글쓰기

올바른 글쓰기의 중요성

우리는 네트워크로 연결된 세상에서 실시간으로 소셜네트워크 서비스(Social Network Service 이하 SNS라고 함)를 통해 다양한 의견을 나눌 수 있고, 이에 SNS 공간은 세상을 바라보는 창구로 작용한다. SNS는 온라인상의 개방화된 플랫폼을 토대로, 공통된 관심사나 정보를 공유하는 사람들이 자유로운 의사소통과 사회적 관계를 생성하고 강화시켜 주는 데 목적을 둔 미디어이다. SNS는 1995년 태동하여 페이스북의 등장과 모바일 환경의 성숙과 연계하여 2006년 등장한 트위터를 통해 새로운 커뮤니케이션 도구로 진화했다. 개인 위주의 인맥 쌓기를 벗어나 대중이 결합하기도 하고, 100만이 넘은 친구를 가진 계정도 등장하고 있으며, 인맥을 통해 정치적으로 활용하거나 상업적으로 활용하는 경우도 발생하고 있다.[1] 신상 정보의 공개, 관계망의 구축과 공개, 의견이나 정보의 게시, 모바일 지원 등의 기능을 갖는 SNS는 서비스마다 독특한 특징을 가지고 있으며, 관점에 따라 각기 다른 측면에 주목한다. SNS는 사회적 파급력만큼이나 많은 문제를 야기하며 여전히 논란의 중심에 서 있다. SNS시대를 살고 있는 지금의 우리는 이러한 현실에서 글쓰기의 의미를 찾고, 그 방향을 어떻게 설정해야 할 지 지속적으로 고민해야 한다. 또한 이 책에서 새로운 지식융합사회를 맞아 올바른 SNS글쓰기 방법을 함께 개척하고자 한다.

SNS란 키워드는 우리 사회에서 여전히 열광하고 있는 도구이다. 이러한 시대적 상황과 아울러 글쓰기가 특정인의 전유물이 아니라 모두가

---

1) 남종훈, 「국내 중국 유학생의 SNS 이용에 영향을 미치는 요인에 관한 연구」, 『디지털콘텐츠학회지』 16권 2호, 한국디지털콘텐츠학회, 2015, 284쪽.

사용하는 소통의 도구로서 자리매김하고, 대학교육에서 지속적으로 강조되고 있는 부분이다. 대학 글쓰기 교육에서 미디어를 바탕으로 한 다양한 연구와 그 체제 기반을 완성하기 위한 모색은 여전히 확정된 부분이 없고 활발한 논의가 진행되고 있는 중이라는 것은 부인할 수 없는 현실이다. 무엇보다 글쓰기 교육은 논리력과 창의력, 상상력을 길러 성숙한 사유를 지닌 지성인을 만들고자 하는 교양적 목표와 모든 지식 행위의 기초가 되는 바른 글쓰기를 유도하고자 하는 도구적 목표를 동시에 실현해 나가야 한다.[2]

과거 농경사회나 산업사회는 지식의 양과 정확도가 평가의 기준이었다. 그러나 지금처럼 방대한 지식사회에서는 지식을 활용하고 재창조하는 능력이 필요하다. 전통사회에서는 글쓰기가 지식인들의 고유의 유산이었다면 지금의 시대에는 모두가 글쓰기를 할 수 있다. 이제는 모두가 정보의 전달자이다. 정보의 홍수속에서 좋은 정보를 취사선택해야 하는 능력이 꼭 필요하다.

> '실제 경험이나 관찰이 새롭다 하더라도 낡은 문장을 사용하는 한, 저라는 사람은 새로운 경험도 낡은 생각문장으로 담아내는 사람입니다'라는 정보를 드러낼 뿐이다. 생각문장까지 바뀌어야 한다. 생각문장만큼은 바뀌어야 한다. 문장이 바뀌면 여행을 가지 않아도 새로운 것을 발견할 수 있지만, 문장이 바뀌지 않으면 아무리 여행을 다녀도 상투성만 강해질 뿐이다.
> – 이만교의, 『글쓰기 공작소 실전편』. 그린비, 2009, 115쪽. –

---

[2] 정희모, 「글쓰기 과목의 목표 설정과 학습 방안」, 『현대문학연구』 17호, 한국현대문학회, 2001, 186쪽.

글쓰기는 고도의 자기표현의 도구이자 의사소통의 창구이다. 자신의 생각을 정리하고 표현하며 정확하게 전달할 수 있는 확실한 방법이기 때문이다. 다양한 미디어와 소통의 창구가 등장했지만 그럼에도 불구하고 가장 본래적인 방법인 글쓰기를 사람들은 여전히 가장 중요하다고 생각한다. 특히 현대는 다양한 분야에 있어서 개인의 개성을 철저히 여기고 자신의 시선을 매우 중요하게 생각하기 때문이다.

일상생활의 순간순간에 이렇게 글쓰기를 끼워넣으면 놀라운 일이 일어난다. 지하철에 붙은 광고, 버스 옆으로 스쳐 지나가는 풍경, 우연히 귀에 들어온 라디오 뉴스 등등이 구상 중인 글과 연결되기 시작하는 것이다. 글에 집어넣으면 좋을 내용과 마주치기도 하고 글을 풀어나갈 형식에 대한 영감을 얻을 수도 있다. 어떻게 글을 쓰면 좋을까 하는 생각이 머릿속에 가득하다면 기사 하나, 광고 글 하나도 무심히 보아 넘기게 되지 않는다. 주변의 온 세상이 내 글과 관련을 가지게 되는, 그야말로 마법 같은 상황이다.
- 이상원, 『서울대 인문학 글쓰기 강의』, 황소자리, 2011, 155쪽. -

개인이 지닌 감정, 개인이 갖는 생각의 표현을 지금의 현대인처럼 강력하게 나타내는 시절은 일찍이 없었을 것이다. 이러한 개인의 감정과 생각, 그 수단으로 나타낼 때 '글쓰기'라는 방법을 선택하고 있다. 글쓰기는 편리하여 자신의 생각을 표현하기에 매우 용이하며 우리시대의 가장 큰 스펙으로 자리매김하고 있다.

일상속에서 사용하는 글쓰기

글쓰기란 일종의 작업을 행하는 것으로서 바로 종이 위에 이루어
내는 소통의 작업이다. 어떤 장르의 글을 쓰든지 노련한 작가라면
자기 자신을 문장의 생산자로 보지 않는다. 노련한 작가는 자신을
자기표현에 종사하는 사람으로 생각하지도 않는다. 이런 방식으로
는 다른 누군가가 읽고 싶어하는 글을 기대할 수 없다. 어떤 종류의
글을 쓰든지 간에 노련한 작가라면 자기 자신을 소통 행위자로 본
다. 이들은 무엇인가 할 말이 있으며, 그 '무엇'인가를 자신의 독자
에게 전달하고 싶어 한다.
- 바버라 베이그 저, 박병화 역, 『하버드 글쓰기 강의- 30년 경력
명강사가 말하는 소통의 비밀』, 에쎄, 2010, 4쪽.-

매학기 '글쓰기'라는 어휘를 말하는 순간 학생들의 눈빛은 벌써 두려
움과 귀찮음으로 떨리기 마련이다. 그만큼 학생들은 글쓰기를 두려워
하고 어려워한다. 학생들은 글쓰기를 잘하면 좋겠지만, 못한다고 해서
그다지 불편하다고 인식하지 않는다. 글쓰기에서 우리가 가진 관심과
능력을 최대한 발휘하고 즐거움을 알 수 있게 해 주는 부분이 바로
글쓰기의 시작점으로 작용해야 한다. 글쓰기는 자아를 성찰하고 형성
하는 도구이자 사고 체계를 정립하는 방법으로서 중요한 역할을 한다.
글쓰기를 통해 자신을 성찰하고 자신과 세계의 상호 관계 속에서 자신
을 발견하기도 하며, 글쓰기를 통해 세계를 이해하고 체계화하기도 한
다. 또한 글쓰기는 사회적 소통과 학문적 소통을 유지하게 한다. 글쓰기
는 자신의 견해를 전달하고 타인의 견해를 이해하는 데 필수적인 수단
으로 기능하다.[3]
우리는 인터넷과 스마트폰과 태블릿 pc, 노트북 등 다양한 전자기기

를 통해 매일 다양한 방법으로 글쓰기를 하고 있다. 아침에 일어나서 친구에게 카톡을 보내 약속시간을 잡기도 하고, 페이스북 메시지를 통해 지인에게 안부를 전하기도 한다. 인스타그램에서 해시태그를 통해 자신의 일상을 스스럼없이 공유하기도 한다. 요즘은 각종 문명의 이기를 통해서 의사소통을 한다. 문자메세지는 기본이고, 소위 '단체톡' 및 각종 SNS상에서 만들어지는 수많은 글들과 약어 및 기호의 홍수 속에서 살고 있다. 어떤 때는 아침에 일어나서 대화방에 가득 차 있는 방대한 양의 글들을 보면서 놀라기도 한다. 바쁜 현대인들의 생활 속에서 이런 소통이 긴요하기도 하다. 우리는 날로 진화하는 세상속에 살고 있지만 의사소통의 가장 전통적인 방식인 글쓰기를 매일 하고 있다.

요즘 세상에 글을 쓰는 것은 너무 쉽고 편한 일이며, 어디에서나 스마트폰을 누르는 것이 어색하지 않고 일상으로 자리 잡았다. 온라인에서 댓글을 보면 온갖 은어, 약어, 외계어, 비속어와 이모티콘 등으로 혼란하기까지 하다. 이러한 상황을 부정하고 싶지는 않다. 다만 조금만 더 생각하고 글을 쓴다면 사람들 사이의 소통은 원활해질 것으로 보인다.

글쓰기는 나의 힘

> 글쓰기 능력은 스펙을 뛰어넘는 힘이 있다.
> 미래에는 글쓰기가 핵심 역량이다
>
> — 피터 드러커 —

---

3) 박대아, 「대학생의 글쓰기 인식에 대한 추적조사 연구 -M대학교의 글쓰기 수업 수강생을 중심으로-」, 『우리어문연구』 67권, 우리어문학회, 2005, 366쪽.

우리는 '스펙'이라는 말을 중요하게 여기는 시대에 살고 있다. 스펙이란 직장을 구하는 사람들 사이에서, 학력·학점·토익 점수 따위를 합한 것 등으로 서류상의 기록 중 업적에 해당되는 것을 이르는 말이다. 사람들은 스펙을 쌓기 위해 다양한 공모전에 도전하고, 인턴제도에 지원하기도 한다. 또한 자격증 취득과 토익점수를 올리기 위해 주야로 애쓴다. 이러한 현실에서 글쓰기는 가장 중요한 스펙으로 손꼽히고 있다. 왜냐하면 글쓰기 능력을 갖춘 사람들은 자신의 생각을 정확하게 표현할 수 있고, 타인에게 전달할 수 있기 때문이다.

요즈음 기업에서는 다양한 문제를 해결할 수 있는 창의력과 문제해결 능력을 지닌 인재를 필요로 한다. 문제를 정확하게 파악하고 해결할 수 있는 능력을 표현하기에 글쓰기가 가장 적합하다. 특히 글쓰기를 통해 처한 상황을 분명하고 정확하게 분석하여 쉬운 글로 잘 설명할 수 있어야 한다.

우리는 너무나 익숙한 것을 당연하다고 생각한다. 늘 밥을 먹기 때문에 끼니의 소중함을 잊을때도 있다. 글쓰기도 이와 같다. 사람은 누구나 글을 쓰며 산다. 글을 통해서 자신의 생각을 표현하고 의사소통을 한다. 이메일, 폰메일, 기획서, 제안서, 보고서, 리포트, 프리젠테이션 슬라이드 등등 하지만 우리는 별다른 자각없이 일상에서 글쓰기를 하고 그 중요성을 인지하지 못할 때가 대부분이다.

글쓰기는 우리 사회에서 어떤 분야를 막론하고 모두가 사용하는 의사소통 방식이다. 우리나라의 경우 문자를 모르는 문맹률은 현저히 낮지만 정작 정확한 글을 쓸 수 없는 사람들은 많다. 모두가 글을 알지만 자신을 정확하게 표현 할 수 있는 글을 쓸 줄 안다는 것은 지금의 현실에서 가장 큰 경쟁력이다.

우리사회에서 대학에 들어가기 위해서 혹은 원하는 기업에 입사를 하기 위해서 필수적으로 자기소개서를 작성하도록 되어 있다. 후에 직장에 들어가게 되면 업무의 대부분이 문서와 이메일을 통해서 이루어진다. 다시 말해 업무의 대부분이 글을 통해 협업하고 결과물을 만들어내는 것이다. 이러한 우리의 현실에서 '글쓰기 능력'은 가장 최고의 경쟁력이며, 누구나 필수적으로 갖추어야 할 '성공의 요소'이다.

글쓰기가 중요한 이유 중 하나로 글은 글쓴이의 다양한 면모를 정확히 드러낸다는 점을 꼽을 수 있다. 사람들의 글을 읽다보면 그 사람이 지닌 다양한 생각, 통찰력, 지적수준, 세계관을 알 수 있다. 글은 쉽게 지워지지 않는 기억으로 남아 그 사람을 판단하거나 평가하는 지표가 되기도 한다.

잘 읽히고 못 읽히는 여부가 아니라 글에는 그 글을 쓴 사람의 특징이 고스란히 담겨 있다. 성격과 태도는 말할 것도 없고 장점과 단점, 생각의 깊이, 현재의 감정 상태와 과거의 경험, 열정, 삶의 방향 등이 문장을 통해 자연히 전달된다. 글에는 그 사람만이 지닌 고유한 품성이 드러난다.

> 글쓰기는 누구나 가질 수 있는 지식 자산이다.
> 글을 쓸 줄 알면 이로운 점이 많다. 앞서 말한 대로 듣기·말하기·읽기가 전제되 어야 한다는 점에서 커뮤니케이션 능력을 향상할 수 있다. 이를 좀 더 확대해 보면 듣기와 읽기는 다른 사람과 나의 관계 혹은 세상의 변화에 민감해지고 다방면에 걸쳐 필요한 지식을 쌓을 수 있게 해준다. 말하기는 자신의 생각과 느낌을 분명하게 밝히고 사람들과 소통을 가능하게 한다. 그 모든 것의 결과로 글을 쓸 줄 안다는 것은 생각이 넓고 깊고 분명한 사람이 되는 길이다.
> - 김지영, 『글 쓸 줄 아는 사람이 되라』,
> 21세기북스, 2013, 66쪽. -

작가 김지영은 "사람이라면 누구에게나 인품이 있는 것처럼 모든 글에는 글품이 있다. 인품을 갈고 닦을 수 있는 것처럼 글품도 마찬가지다. 훌륭한 인품을 갖게 되는 길에 정답이 없듯 좋은 글품을 쌓는 방법도 사람마다 다르다."고 설명하고 있다.

글쓰기는 결코 다른 사람이 대신해줄 수 없는, 전적으로 자신이 이루는 자기노력의 대가이다. 글쓰기는 문자를 통해 이루어지는 의사소통의 뜻을 해석하기가 말하기에 비해 훨씬 어렵다. 그래서 읽는 사람이 수용하는 상황도 제각기 다르다. 같은 내용을 전달하더라도 말로 주고 받는 것과 글로 주고 받을 때의 반응은 매우 다르다. 또한 그 과정에서 잘못된 문장으로 인해 오해가 발생하고 관계의 단절이 생기는 경우를 많이 보았다. 그런 이유로 사람들은 글쓰는 일을 두려워하기도 한다.

그만큼 눈으로 보고 머리에서 기억하는 문자의 효과는 매우 강렬하다. 글쓰기가 지닌 이러한 특징은 글을 쓰는 사람에게 무한한 책임을 갖게 하지만 동시에 무한의 가능성을 허락한다. 모든 것을 스스로 판단하고 작성해야 하지만 자신의 생각을 모두 담아낼 수 있다는 점에서 사람들은 이를 글쓰기의 장점으로 꼽는다.

1 자신이 생각하는 '글쓰기'의 의미는 무엇인지 설명해보자.

2 자신이 가장 좋아하는 글을 한 편 읽고, 그 내용을 소개해보자.

3 대학생활을 하면서 글쓰기가 어렵다고 느낀 경험이 있다면 이야기해 보자.

좋은 글의 요건

송나라의 유명한 문장가 구양수는 "글을 잘 쓰려면 많이 읽고, 많이 쓰고, 많이 생각하라"고 했다. 이것이 이른바 삼다설(三多說)이다. 좋은 글을 쓰는 데는 왕도가 없다는 것이다. 남이 쓴 글을 찾아서 널리 읽고, 폭넓은 사색을 하면서 많이 써 보는 가운데 훌륭한 글을 쓸 수 있다는 주장이다.

이러한 견해는 글쓰기에 관한 기본적인 생각이므로 지금의 우리도 이를 진지하게 받아 들여야 할 것이다.

그런데 좋은 글은 무엇인가? 이에 대한 대답은 간단하지 않다. 일반적으로 말하여 내용이 진실하고 주제가 선명하고 읽기에 편하고 이해하기 쉬운 것이면 좋은 글이라 할 수 있다. 여기서는 좋은 글의 요건으로 생각되는 12개의 기준을 마련하고 살펴보기로 한다. 김봉군의 『문장기술론』에 기반한 내용이다.

1. 충실성

글은 우선 내용이 충실해야 한다. 부질없이 길기만 하고 담긴 내용이 알차지 못하고 공허하거나 무의미한 것은 좋은 글이 아니다. 글의 내용이 알차서 밀도 있는 것을 충실성이라 한다. 말할 내용이 없으면 쓰지 않는 것이 좋다. 좋은 글에는 '어떻게'에 못지않게 무엇이 중요하다. 충실성에 대한 두 가지 충고이다. 내용과 기교가 하나가 되어 조화를 이룬 곳에서 좋은 글은 생겨난다. 그리고 내용이 빈약하면서 기교에 빠진 글보다는 기교는 서투르더라도 내용이 충실한 글이 더 나을 것이다.

내용이 충실한 글은 기교가 다소 부족하여도 읽는 이의 마음을 사로

잡는다. 이러한 글은 필요한 내용을 담고 있기 때문이다. 반면에 내용이 알차지 못한 글은 읽는 이를 공허하게 한다.

2. 방법과 기교

기교에 치우쳐 내용이 부실한 글은 바람직하지 않지만, 적절한 기교(技巧)나 방법을 사용한 것은 좋은 글의 필요조건이다. 예를 들어 설명의 방법 중 정의를 내려야 할 대목이 있고, 분석이나 비교, 대조의 방법으로 설명, 논증해야 글의 효능이 높아질 경우가 있다. 비유나 상징의 기교를 써서 생각의 깊이와 폭과 높이를 가늠하기도 하고, 열거와 예증, 반복, 인용의 방법으로 글을 더 구체화하기도 한다. 이런 여러 기교와 방법들을 글의 기법이라 한다.

3. 정확성

정확한 글이란 우선 정서법, 띄어쓰기, 구두점 찍기 등 문법, 맞춤법에 맞도록 쓴 것이어야 한다. 글은 적합한 어휘로써 어법과 기타 조건에 맞도록 써야 한다.

이때 요청되는 것이 정확성이다. 실제 언어의 사용에 있어 옳고 그름의 절대적 기준은 없다. 표준어의 입장에서는 욕설이라고 여기는 말도 가까운 친구 사이에는 더없이 따뜻한 정감의 표현일 수도 있다.

그렇지만, 글쓰기의 초보자는 일정한 표준어, 구문의 원리 등에 맞도록 쓰는 훈련을 쌓아야 한다. 이것이 '모방에서 창조'로 나아가는 지름길이기 때문이다.

4. 경제성

가장 적은 노력으로 가장 큰 효과를 얻고자 하는 경제성은 글쓰기에도 적용된다. 필요한 자리에서 필요한 만큼의 말만 사용하여 자신의 뜻을 명확하게 전달하는 것이 글쓰기의 경제성이다.

말이 많으면 화제만 장황하게 늘어 놓는다면 전달의 효과가 떨어진다. 물론, 말이 많다는 것이 꼭 길이의 장단을 가리키는 것만은 아니다. 문제는 그것이 최소한의 필요한 말로 화제를 전개한 것인가에 있다.

5. 정직성

정직성이란 자기가 독창적으로 쓴 글인가, 남이 쓴 글의 일부를 가져왔는지, 개념을 인용했는지를, 쓰는 이가 분명히 밝히는 것을 뜻한다. 직접 가져오거나 개념을 설명하는 부분을 가져오는 경우라도 그 출처를 밝혀야 한다. 글을 쓸 때 다음 세 경우에는 반드시 출처를 밝혀야 한다.

첫째, 다른 이가 실제로 사용한 어구를 가져다 썼을 때.
둘째, 다른 이의 착상, 견해, 이론을 끌어다가 썼을 때.
셋째, 사실, 통계, 예시를 끌어 왔을 때.

글은 인격과 양심의 거울이라는 것에 명심하여 글쓰는 이는 정직하게 자신의 생각이 잘 나타나도록 써야한다.

6. 성실성

성실성은 자기다운 글을 정성 들여 쓰는 것을 뜻한다. 글쓰기에 미숙

하고 솔직하지 못한 사람은 글을 쓸 때 '일정한 과제에 대하여 자기가 실제로 생각하는 것'을 쓰기 보다는 '그렇게 생각해야 한다고 보는 것'을 쓰려고 한다. 그 결과 마음에도 없는 글, 자신의 글이 아닌 설익은 문장으로 자기의 교양, 유식함, 사려를 과시하고 허세를 부리게 된다. 따라서, 글을 쓸 때는 성실하게 쓰도록 해야한다.

7. 명료성

좋은 글의 '선명한 뜻'을 명료성이라 한다. 무엇을 쓰고 있는가를 분명히 알 수 있도록 쓴 글은 잘 쓴 글이라 할 수 있다. 명료성은 주로 설명문, 논설문 등에서 중요하다. 하지만, 명료성과 지나친 단순성을 구분하지 못하여서는 안 된다.

글이 선명하지 않은 경우는 다음과 같다.

첫째, 서술의 특수화가 이루어지지 않은 것이다.

둘째, 잘못된 구성에 그 이유가 있다.

8. 일관성

일관성은 글의 시점, 형식적 요건, 어조, 문체, 내용 등이 일관된 것을 뜻한다. 글을 쓰는 중간에 이를 변화시킬 필요가 있으면, 독자가 마음의 자세를 가다듬을 여유를 얻도록 해야한다. 글에서 이러한 일관성을 유지하려면 문맥의 호응과 내용의 일관성이 지켜져야 한다.

9. 완결성

글은 글쓴이가 뜻한 감정과 생각을 감정과 뜻을 온전하게 표현하고 전달해야 한다. 주제 또는 중심생각을 담은 부분과 이를 뒷받침하는 부분으로 이루어질 때 한 편의 글은 완결된다. 글의 이러한 속성을 완결성이라 한다. 글의 완결성은 작게는 문장에서, 나아가서는 문단과 한 편의 글 전체에서 요구되는 특성이다.

10. 독창성

창조된 모든 것에 독창성이 있듯이, 새로 쓴 글에는 독창성이 있어야 한다. 글에 나타난 참신하고 독특하면서도 창조적인 특성을 독창성이라한다. 글은 특정한 개인이 쓰므로, 그 개인의 경험과 지식, 상상력이 그의 인성에 작용한다. 언어 능력의 창조적인 실현이 곧 글을 쓰는 행위다. 그래서 글의 독창성이란 '개성적'이라는 말과도 통하며, '낯설게 하기'라고 한다.

독창성은 사물을 새롭게 본다는 관점에서 시작되며, 참신성을 위한 노력을 전제로 한다. 하지만 단지 표현의 참신성만이 아니라, 소재, 제재, 주제, 구성, 문체가 모두 독창적이고 참신한 것이어야 한다. 뿐만 아니라, 소재나 제재가 평범하거나 진부하더라도 구성과 문체, 주제가 참신하여 독창성을 얻은 글을 쓰는 일 또한 값진 것이다.

11. 타당성

앞에서 우리는 정확성을 강조하였으나, 문맥상 타당성이 있느냐의 여부가 중요하다. 글이 시점, 독자, 목적 등에 맞도록 쓰여야 한다. 이러한 기준에 맞는 글을 타당성이라 한다. 타당성의 기준은 형식적인 글, 비형식적인 글, 어법, 문체, 어조 등에 나타날 수 있다.

12. 자연스러움

글은 자연스러워야 한다. 자연스러움은 글의 흐름이 순탄한 동시에 거슬리는 어구가 없어 이해하기에 순조로운 것을 뜻한다. 지나치게 기교를 부리거나 현학적인 냄새를 풍기려다가는 부자연스러운 글을 써내기 쉽다. 쉽게 말하여 '자연스러움'이란 '가식이 없음'이다. 억지로 꾸며 돋보이려 할 때, 그것은 부자연스럽고 또 사실이 아닌 가짜라는 것이 금방 드러난다. 글도 마찬가지다.

– 김봉군, 『문장기술론』, 삼영사, 2005, 20~60쪽 –

위의 내용은 김봉군의 『문장기술론』에서 좋은 글의 요건에 대해 상세히 설명하고 있는 부분을 인용한 것이다. 많이 읽고, 많이 써보고, 많이 생각하면 좋은 글을 쓸 수 있다. 화려한 미사여구(美辭麗句)의 글을 추구할 것이 아니라 진심이 담긴 참신하면서도 성실한 글이 독자에게 여운과 감동을 줄 수 있다. 항상 글은 간결하고 정확해야 한다. 충실히 연습하여 좋은 글을 써보도록 하자.

SNS 글쓰기와 소통

　SNS(Social Network Services/Sites)는 특정한 관심이나 활동을 공유하는 사람들 사이의 관계망을 구축해 주는 온라인 서비스를 말한다. 최근 페이스북(Facebook)과 트위터(Twitter) 등의 폭발적 성장에 따라 사회적·학문적인 관심의 대상으로 부상했다. SNS는 컴퓨터 네트워크의 역사와 같이 할 만큼 역사가 오래되었지만, 현대적인 SNS는 1990년대 이후 월드와이드웹 발전의 산물이라고 할 수 있다. 신상 정보의 공개, 관계망의 구축과 공개, 의견이나 정보의 게시, 모바일 지원 등의 기능을 갖는 SNS는 서비스마다 독특한 특징을 가지고 있으며, 관점에 따라 각기 다른 측면을 가지고 있다는 사실에 주목해야 한다. SNS의 확대는 여러 요인이 있지만 기술적인 진화와 정보의 유통 확대, 미디어 환경의 변화라는 객관적 원인과 함께 디지털에 익숙한 이용자층의 증가 등 여러 요소들이 연계하여 나타난 것이다. 이런 변화의 과정에서 분명한 것은 이제 SNS 사용의 흐름은 되돌릴수 없다는 점이다. 오히려 SNS가 진화하면서 더욱 새로운 서비스 혹은 사이트가 나오는 것을 우리는 목격하고 있다.

　SNS가 유용한 소통의 채널로 활용되면서 우리는 SNS를 통한 자기표현이 확장되었다. 특히, SNS는 정보의 자기 통제가 가능하다는 점에서 자기 노출의 형태나 정도 등을 조절할 수 있으며, 이에 따라 현실과는 다른 자신의 모습이나 이미지를 보여줄 수도 있다. 다시 말해 자신의 정보 노출이나 통제를 통해 자신이 원하는 이미지를 만들어가거나, 이를 기반으로 타인에게 호의적 인상을 주는 인상관리도 가능하다.

　현재 가장 많이 사용하는 SNS는 문자메시지를 이용하여 간편하게 사용하는 카카오톡과 관계기반의 페이스북, 카카오스토리가 있고, 이미지 기반의 소통 도구인 인스타그램 등이 있다. SNS를 통하여 우리는 쉽고 빠르게 정보를 획득·공유할 수 있고, 각계각층의 사람을 만날 수도 있다. 이외에도 집단 지성의 발현, 신속한 뉴스 전달이라는 장점이 있다. 그러나 단점도 무시할 수 없다. SNS를 이용한 명예훼손, 불법 유해정보 유통, 사이버 중독, 허위정보 유포, 사생활 침해 등 SNS 관련 범죄의 증가와 부작용이 심각한 수준까지 이르렀다. 그러나 SNS는 현 대인에게 꼭 필요한 도구이다. 책을 읽든, 공부를 하든, 사람은 세상과 등지고 혼자서 살 수 없다. 디지털시대가 되어서 동영상이라든지, 그림, 사진으로 정보를 받아들이는 일이 많아져서 전통방식의 글쓰기가 필요 없을 것으로 예상했지만 실제로 우리는 모든 의사소통을 글쓰기를 통해 하고 있다. 특히 코로나 시대를 살고 있는 지금의 우리는 모든 의사소통 을 글로 하고 있다. '폰메일, 이메일, 카톡, 블로그, 댓글, 인스타그램, 페이스북'을 통해 아침부터 저녁까지 우리는 아무리 글을 쓰고 싶지 않아도 적어도 하루에 한 번 이상은 글쓰기를 한다. 그러나 과거에는 식자층(識者層, 학식과 견문이 있는 계층)의 전유물이었던 글이 이제는 모두가 사용하는 가장 보편적인 도구가 되었다.

몇몇 문제점에도 불구하고 익명성을 바탕으로 한 글쓰기는 다양한 형태를 글쓰기를 가능하게 만들었다. 격식 위주의 획일성과 경직성에 서 벗어나 다각적이고 개성적인 형태의 글쓰기가 가능해졌으며 이러한 자신감을 토대로 자신의 의견을 적극적으로 피력하는 일이 점차 많아지 고 있다. 또한 댓글을 효과적으로 활용할 경우, 상호교차 글쓰기를 유도 하여 온라인상의 건전한 토론 문화의 정착에도 기여할 수 있다.[4]

---

4) 장창영, 「디지털을 이용한 글쓰기-교수학습전략」, 『한국문학이론과 비평』 20집, 2003, 409쪽.

나는 내 글의 첫 독자다. 이것은 많은 작가들이 글을 쓰는 멋진 이유가 된다. 내가 읽고 싶은 글이 세상에 없어서 내가 쓴다. 남이 읽어주는 것은 그다음의 행복이다. 일단 쓰는 내가 느끼는 즐거움이 존재한다. 쓰고자 하는 대로 써지지 않는 고통이 있고, 그래서 퍼붓는 노력이 있고, 더디지만 더 나은 형태의 결과물을 만들어간다. 남이 알기 전에, 그 매일에 충실한 나 자신이 먼저 안다. 나는 내 글의 첫 독자다.

— 이다혜, 『처음부터 잘쓰는 사람은 없습니다』,
위즈덤하우스, 2018, 133쪽. —

SNS를 통한 소통이 일반화되면서, 사람들은 자신의 생활이나 새로운 경험을 SNS에서 타인과 공유한다. 이런 모습들은 자연스러운 일상이 되어 버렸다. 특히, 젊은 세대는 자신의 모습을 담은 셀카나 여행지에서의 경험, 명품이나 먹방 등의 일상을 담은 자신이나 글을 SNS에 올리면서 타인과 소통하려고 노력하고 자신을 표현한다. 자신의 새로운 모습이나 남들에게 보여주고 싶은 모습을 담은 사진을 SNS에서 공유함으로써 타인들에게 스스로 원하는 모습을 표현하고 이를 통해 자신만의 고유한 이미지를 만들어 간다.

우리는 하루에도 수없이 많은 사람들과 소통하기 위해 SNS에 글쓰기를 한다. 그 주제는 실로 다양한다. 신변잡기에서 사회적인 문제, 세계적 이슈 등 실로 방대하다. 때로는 특정인을 대상으로 하는 온라인 글쓰기를 하기도 하고, 어느 때는 불특정 여러 사람을 대상으로 온라인 글쓰기를 하기도 한다. SNS에 글쓰기를 할 때는 규정되지 않은 다수의 대중이 자신의 글을 볼 수 있기 때문에 신중해야 한다. 자신도 모르는 사이에 자신의 정보가 노출되기도 하고, 혹은 자신의 의도와 다르게 뜻이 펼쳐질 수 있기 때문이다. 특히 상대방이 나의 뜻을 잘 이해하고 있는지 확인하기 어렵기 때문에 혹은 상대방에게 상처를 주지 않을까 상처를 받지 않을까 주의를 기울여야 한다. SNS를 사용한 글쓰기는 일방적이 아닌 쌍방향적이다. 상대방으로부터 답변이 오거나 불특정 다수를 대상으로 한 글쓰기의 경우 댓글을 통해 상대방과 소통할 수 있다. 이러한 댓글은 사람들간의 소통의 창구이자 이제 하나의 문화로 자리 잡았다.

일반적으로 얼굴을 맞대고 서로 이야기를 하는 상황에서는 상대방의 표정과 어조, 분위기 등으로 상대의 감정 상태와 그 의도를 정확하게 파악할 수 있다. 그래서 상대가 말하지 않은 숨은 의도까지 찾아낼 수 있다. 그러나 SNS에서 사용되는 비언어적 커뮤니케이션은 세밀한 부분까지 살피기 어렵다. 오직 자신이 쓴 글로만 자기 생각이나 감정을 상대에게 전달해야 하는 어려움이 따르기 때문에 면대면 상태의 커뮤니케이션보다 어휘와 문장 선택을 신중히 해야 한다.

SNS는 글쓰기 연습의 도구

SNS를 멀리하기에는 지금의 SNS 세계는 너무나 크고 방대해졌다. 피하는 것보다 정면 돌파하여 내 것으로 만드는 것이 오히려 현명한 방법이다. 머릿속에 담긴 지식을 정리해야 글을 쓸 수 있는 것이 아니다. 오히려 글을 써야 머릿속에 담긴 내용을 정리할 수 있다. 글쓰기를 어렵게 생각할 필요가 없다. 가장 쉬운 방법을 선택해서 자기의 습관을 만들면 된다. 가장 쉽게 글을 쓰는 방법을 익히고, 자신만의 독자를 만들 수 있는 것이 바로 SNS에서 글을 쓰는 것이다.

SNS만큼 훌륭한 글쓰기 연습의 도구는 없다. 좋은 글, 나쁜 글, 이상한 글, 엉뚱한 글, 재미있는 글, 어떤 글이든 마음껏 표현할 수 있다. 잘 쓰고 못 쓰고를 생각하기보다 포기하지 않고 계속 연습한다는 것이 가장 중요한 핵심이다.

"단어의 정리, 일상의 이야기, 자신의 생각, 사물에 대한 이해와 여러 시선" 등은 우리가 작성하는 SNS 글쓰기의 주제이다. SNS라는 공간은 형식에 구애받지 않고, 규격화된 것이 아닌 시시콜콜한 이야기들이 글쓰기라는 방법을 통해 퍼져 나가는 곳이다

자신이 쓴 글을 누구에게도 공개하기 싫다면 비공개를 선택하면 쉽게 해결할 수 있다. SNS에 글을 쓰다 보면 글쓰기에 대한 여유가 생기면서 자신의 글을 스스로 피드백을 할 수 있는 능력을 갖추게 된다. 이 시기에 도달하면 생각을 논리적으로 표현하는 방법과 문법 등을 고려하면서 글을 쓰게 된다. 이를 통해 이전과는 다른 자신의 글쓰기 실력의 향상을 느끼게 된다.

SNS에서는 짧고 간결한 글을 원하고 이는 호응을 얻는다. SNS에서 글을 읽는 사람은 짧은 시간에 많은 정보를 얻으려고 하기 때문이다. 그러나 짧은 글은 맥락파악이 어렵다는 문제도 있다. 때로는 길게 써야 문맥이 자연스러운 주제도 있다. 다만 읽는 사람은 참을성이 없고, 바쁘다는 것을 늘 기억해야 한다. 그러므로 이들을 배려해야 한다. SNS에서는 되도록 글은 짧고 간결하게 쓰는 것을 원칙으로 연습해야 한다. 짧게 쓰면서도 글을 읽는 사람들이 효과적으로 이해할 수 있도록 하는 것이 SNS글쓰기의 기술이다.

디지털 시대와 글쓰기

나는 휴대폰으로 글을 쓴다.

건너편 학생은 네이버를 검색한다.

구석의 연인은 셀카를 찍으며 페이스북을 오간다. 우리는 각자 인생을 살다가 우연히 스타벅스에 들어왔다. 그러나 늘 연결되어 있다. 때로는 읽고, 때로는 쓰고, 때로는 전파하며 함께 살고 있다. 웹에 접속하면서 우리는 거대한 유기체의 일부로 산다.

－ 전병국,「검색되는 글쓰기의 법칙」중에서 －

우리는 모두가 작가인 시대를 살고 있다. 휴대폰이나 노트북만 가지고 있으면 누구든 어디서든 글을 쓸 수 있다. 간단한 전자기기만 있다면 누구나 정보의 전달자, 정보의 유통자가 될 수 있다. 이전시대에는 주로 작가만 글을 쓰는 일을 담당했다. 작가는 전통매체인 인쇄매체를 통해 책을 만들었다. 작가와 독자는 원활하게 소통하기가 어려웠고 그들 사이에는 커다란 거리가 존재했다.

전통시대에서 글을 쓰는 일은 온전히 작가의 몫이라고 생각했다. 오직 작가는 글을 쓰는 일만 했다. 지금의 디지털 환경에서 작가의 역할과는 너무나 다른 양상을 가지고 있다. 지금은 모두가 글을 쓰고, 편집, 홍보와 마케팅까지 원스톱으로 진행할 수 있다. 우리도 온라인에서 글을 쓰고, 편집과 수정을 거쳐서 공유하기 등으로 진행할 수 있다. 디지털 시대에서 글쓰기 작업에는 그 어떤 경계를 찾을 수 없다. 글쓰기가 디지털 환경에서 하나의 고정된 형태로 나타나지는 않는다. 쓰고 발견하고 반응하고 확산하는 모든 과정이 서로 연계되어 있다.

쓰기와 읽기 사이의 경계가 무너진 것은 디지털 시대에 들어서 일어났다. 저자와 독자의 역할분담이 사실상 붕괴되었다. 독자는 댓글이나 이메일을 통해서 실시간으로 의견을 제시할 수 있고 수동적인 입장에서 능동적인 입장으로 그 역할이 확대되었다. 전적으로 독자의 힘은 강력해졌다. 전적으로 독자의 입맛에 맞추기 위한 목적으로만 생산된 글도 있다.

디지털 시대의 글쓰기는 기호, 문자, 사진, 영상 등을 복합적으로 사용하는 혼성교차 글쓰기를 말한다. 기존의 평면 활자 매체에서 중시되던 장르 간 경계를 해체함으로써 장르를 넘나드는 입체적인 글쓰기를 지향한다. 디지털 글쓰기의 또 다른 특성은 장르 변환이 자유롭다는 사실이다. 시는 소설로, 소설은 시로, 다시 게임으로의 전환을 통해 원전의 탈지층화를 통해 새로운 형태의 글쓰기를 추구한다. 디지털 시대의 글쓰기는 열린 텍스트의 개념이기 때문에 참여자들은 공동 참여 방식을 통해 자신들의 의사를 적극적으로 전달하며 그에 대한 반응에 민감하게 대응한다. 또한 문자 외에 오디오와 영상 등을 첨가함으로써 본격적인 하이퍼텍스트 글쓰기가 이루어질 수 있다.[5]

디지털에서는 글을 작성하는 일만으로는 그 역할이 끝나는 것이 아니다. SNS에서 글을 쓸 때 가장 염두에 두어야 할 것은 발견(Search)되고 읽히고(Read) 공유(Share)되도록 해야한다는 것이다.

> 여러분이 쓰는 글은 여러분의 것이지 다른 누구의 것도 아니다. 여러분의 재능을 최대한 발휘하고, 자기 존재를 걸고 그것을 지키자. 여러분의 재능이 얼마나 될지는 편집자가 아니라 여러분만이 안다. 글을 잘 쓴다는 것은 자기 글을 믿고 자기 자신을 믿는 것이다. 그리고 위험을 감수하고, 남들과 달라지려 하고, 스스로를 부단히 연마하는 것이다.
>
> — 윌리엄 진서 저, 이한중 옮김,
> 『글쓰기 생각쓰기』, 2007, 281쪽. —

---

5) 고은미 외, 『디지털 시대의 글쓰기』, 태학사, 2003, 101쪽.

1 SNS에서 본 글 중에서 가장 기억에 남는 글이 있다면 소개해보자.

2 SNS 글쓰기의 특징을 요약해보자.

SNS 글쓰기에서 독자들의 반응을 끌어내는 법

내가 SNS에 쓴 글은 이미 우리나라 안에서는 물론, 전 세계 수많은 불특정 다수에게 실시간에 가깝게 확산될 수도 있다는 사실이다. 내친구만 본다고 생각하지만 팔로우까지 생각하고 공유되어서 퍼지는 것을 생각하면 의도대로 되지 않을 수 있다. SNS에 올리는 버튼을 누르는 순간에 미이 출판이 되는 것과 같다.

　　　　　　　　　　　　　- 윤영돈, 「SNS 글쓰기의 원칙 7가지」 중에서 -

SNS 글쓰기에서 독자들에게 많은 호응을 얻기 위해서는 여러 가지를 고민해야 한다. 또한 SNS라는 매체가 가진 특성을 잘 이해해야 한다. 인터넷과 디지털 환경은 글쓰기의 단순한 도구라고 볼 것이 아니라 글쓰기의 목적, 글쓰기의 필자의 위치 등을 확연하게 변모하는 변화를 가져왔다.

1. 장점이 나타나야 한다

우리가 쓴 글을 독자가 읽고 의미를 가질 수 있어야 한다. 상품 홍보, 감정 전달 등의 목적으로 온라인에서는 제품이나 서비스를 설명할 수 있어야 한다. 이러한 요소들이 독자들의 삶에 무슨 변화가 일어나며 어떻게 그것이 가능해지는지 설명할 수 있어야 한다. 글을 읽는 사람의 마음을 움직일 수 있어야 한다. '이러한 것이 00의 장점이다, 이것을 사용해보니 00더라.' 등의 구체적인 이유가 반드시 설명되어야 한다. 온라인이라는 공간에서도 독자들은 시간을 무의미하게 보내지 않는다. 여러분이 충분한 상품에 대한 이해나 분석을 기반으로 글을 써야한다. 가끔은 자신이 사용하지도 않은 상품을 홍보하다가 망신을 당하는 사례

도 있다. 또한 항상 상품의 장점을 부각할 수 있도록 글쓰기에 있어
철저한 준비를 해야한다.

2. 독자를 분석해야 한다

지금의 현실에서 우리는 수없이 많은 상품과 서비스들을 경험하게
된다. 누구나 여러분의 글에 독자가 되지는 않는다. SNS는 파급력이
크지만 다수가 모든 콘텐츠에 관심을 갖는 것은 아니다. 어떤 목적에
맞는 소수의 사람들만이 그 카테고리에 관심을 갖기도 한다. '나의 글을
읽는 사람은 누구인가?'를 꼭 염두에 두어야 한다. 그래야 효과적인
전달과 표현방식을 쓸 수 있다. '지피지기(知彼知己)면 백전백승(百戰
百勝)'이라는 말이 있듯이 독자의 특성을 철저하게 파악하면 글쓴이의
목적을 쉽게 이룰 수 있다. 여러분의 특성과 흥미가 잘 드러나는 카테고
리를 정확히 파악하고 이에 속한 사람들을 철저히 조사하고 분석하여
그들을 위한 글을 작성해야 한다.

3. 목적이 뚜렷해야 한다.

우리가 쓴 글을 읽고 독자는 어떤 움직임이 있어야 한다. 글을 쓰는
우리도 원하는 바를 얻을 수 있어야 하고 독자도 그들이 찾는 것에
도달해야 한다. 우리의 글은 뚜렷한 목적이 있어야 한다. 무릇 목적없이
떠나는 여행이 되어서는 안된다. 글을 쓰기에 앞서 우리가 구체적으로
원하는 결과는 무엇인지 생각해야한다. 뚜렷한 목적이 있으면 글의 방
향도 정확해질 것이고, 메시지도 더욱 간결해질 것이다.

SNS 글쓰기의 기본 원칙

1. 구어체로 쉽게 써야 한다.

글말이 아닌 입말을 사용하여 초등학교 4~5학년 학생들도 이해할 수 있을 정도로 쉽게 쓴다.

2. 한 문장은 짧게 쓰고 전체 글의 내용도 짧게 쓴다.

문장은 만연체가 아니라 간결체로 쓴다.

SNS 글쓰기의 핵심은 단순한 것이다. 독자는 참을성이 없다. 최대한 글의 분량을 짧게 쓴다.

3. 주제가 선명하게 드러나야 한다.

하나의 글에는 하나의 주제만 담아야 한다.

4. 글을 간결하게 써야 한다.

군더더기란 겹치는 낱말, 쓸데없는 접속어, 부사어 등 없어도 되는 단어를 사용하는 것이다. 장황하고 지루한 문장은 피해야 한다.

5. 진심을 담은 자신만의 글을 쓴다.

자신의 이야기를 담은 글이 아니면 타인에게 '공감'을 줄 수 없다. 경험은 최고의 글감이다.

6. 글속에서 욕심을 버려라.

글에 대한 욕심과 자만심이 글을 망친다.

7. 글을 반복하여 고쳐야 한다.

글을 쓰는 일보다 더 중요한 것은 이를 고치는 일이다.
최종 원고는 없다. 오직 마지막 원고만 있을 뿐이다.

8. 글을 다 쓴 후에는 꼭 소리를 내어 읽어 본다.

자연스럽게 읽히지 않는다면 좋은 글이 아니다.

9. 글쓰기는 타고나는 것이 아니라 많은 훈련으로 완성된다.

글을 쓰지 않으면 절대 글쓰기가 늘지 않는다. 글쓰기는 계단을 오르는 것과 같다. 차근차근히 많은 연습을 해야 한다.

10. 댓글은 최고의 글쓰기 연습장이다.

댓글을 무성의하게 다는 것이 아니라 진심을 담아 완벽한 문장을 만들어야 한다.

공감을 줄 수 있는 SNS 글쓰기 방법

1. 진솔한 자신의 이야기를 해야한다.

글쓴이가 솔직하게 자신의 이야기, 자신의 성격, 생각, 취향, 라이프 스타일을 표현하면 독자들로 하여금 쉽게 공감을 얻을 수 있다. 지나치게 화려하고 자기자랑과 허세로 가득한 글은 거부감을 줄 수 있다.

2. 전문정보를 제공해야 한다.

지금의 현실은 '정보의 홍수'이다. 범람하는 정보속에서 자신에게 필요한 정보를 취사선택 할 수 있는 능력이 필요하다. 아울러 SNS에서는 쓸모있고 실용적이며 구체적인 정보콘텐츠를 표현해야 한다. 허위로 가득한 정보들은 독자들에게 신뢰감을 주지 못한다. 결국은 독자들을 떠나게 만든다.

3. 큐레이션 콘텐츠를 선택해야 한다.

우리는 허위와 진실을 판별하기 어려운 정보가 넘쳐나는 세상을 살고 있다. 현실에서 가장 필요한 정보가 무엇인지 판별하는 능력이 절실히 요구된다. 독자들에게 고컬리티의 정보를 제공하면 공감을 줄 수 있다. 기존의 넘치는 정보 중에서 가장 필요한 정보를 모아서 제공해야한다.

4. 참신해야 한다.

SNS라는 공간은 간결하고 재미있는 정보들에 호응한다. 천편일률적이고 지루한 이야기들은 더 이상 호응하지 않는다. 번뜩이는 아이디어로 독자들을 사로잡을 수 있어야 한다. 다른 사람들이 생각하지 않은 특별한 콘텐츠를 발견하여 표현해야한다. 참신하고 흥미로운 콘텐츠에 사람들은 열광한다.

5. 시의성이 나타나야 한다.

계절, 명절, 국경일, 이벤트, 유행 등과 같이 시의적절한 주제를 표현해야 한다. SNS라는 공간은 유행에 매우 민감하다. 뒤쳐진 더이상 SNS라는 공간에서 살아서 활동하기 어렵다.

6. 끊임없는 관찰이 필요하다.

주변을 잘 관찰해보고 독자들의 특성을 잘 파악해야 한다. 특히 성별, 직업군, 연령층에 따라 사람들이 열광하는 지점이 다르므로 어떠한 현상에 대해 끊임없이 고민하고 분석해야 한다.

1 최근에 SNS에서 가장 흥미로운 콘텐츠를 발견한 적이 있었다면 무엇이었는가? 그 이유에 대해 설명해보자.

2 지금 우리사회에서 이슈가 되고 있는 사안에 대해 찾아보고, 온라인상의 반응에 대해 이야기해보자.

디지털 시대의 대학생의 문해력

최근 공중파 방송사에서는 '전국 대학생 대상 글쓰기 실험 연구'를 기획하였다. "현재 성인 문해력을 측정하고, 국내 여러 대학교에서 왜 글쓰기를 통해 문해력을 강조하는지를 취재하여 '문해력'에 대한 중요성을 환기"하고자 하였다. 기획된 5부작 중에서 특히 "게임, 인터넷 등 디지털로는 문해력을 키울 수 없는 걸까?"편에 주목해 볼 만하다.

디지털 시대가 왔다. 글쓴이와 글을 읽는 이가 구분되지 않고 모두 글을 쓰는 시대가 왔다. 디지털은 글을 쓰는 저술, 써놓은 글의 편집, 인쇄된 글, 종이로 된 유인물의 제작 유통 등을 실시간으로 공유되는 온라인 네트워크에 이미 융합되었다. 글 읽기와 글쓰기는 동일한 문자를 사용하므로 디지털 시대에서도 구분되지 않는다.

현대사회에서 언어 능력은 의사소통뿐만 아니라 문제 해결 능력에 필수적이다. 마르틴 하이데거(Martin Heidegger)는 '언어는 존재의 집'이라고 하였다. 존재는 언어로 표현되어야 하고 표현될 수 있어야 한다는 뜻을 담고 있다. 언어는 말과 글로 되어있다. 글은 문자를 사용하기에 말보다 개인 역량 평가에 중요하다. 지금까지도 문자로 된 글은 입시, 채용, 자격증, 승진 등의 평가 기준이 된다.

디지털 시대의 글쓰기는 '자료검색', '재구성', '콘텐츠 글쓰기' 등으로 나눌 수 있다. 우선 '자료검색'은 찾고자 하는 키워드를 디지털 검색을 통해 '읽기' 기능으로 작동된다. 손쉽게 모바일로 하는 검색은 글을 쓰는 행위와 무관하지 않다. 읽기는 쓰기와 마찬가지로 문자를 시각적으로 처리하기 때문이다. 특히 자료 검색은 다양한 주제분야 별로 학술 데이터베이스(DB), 학술 e-book, 통합검색 디스커버리 등을 검색할 수 있다. 우리 대학에 학술정보원은 자료검색의 학술DB가 무척 잘 되어 있기에 찾으면 찾을 수록 찾아낸다. 이를 위해 학술정보 활용 교육을 받으면 더욱 좋다. 자료검색을 통한 '재구성'은 온라인 공간에서 복사하고 재배열하는 '읽고 쓰는' 기능이 함께 작동된다. 문자를 재구성하는 것 자체가 글쓰기와 같다. 자료검색의 재구성은 학술정보원의 학술연구정보서비스, 즉 연구논문 작성가이드 및 인용 가이드 라인과 참고문헌 양식 안내 등을 받을 수 있다.

끝으로, '콘텐츠 글쓰기'는 PC와 노트북의 프린터로 출력하여, '쓰고 읽는' 기능으로 공유할 수 있다. 하지만 글의 퇴고는 반드시 종이로 인쇄해서 교정하기를 권한다. 화면에서 보이지 않던 오탈자는 인쇄된 종이에서 보이는 경우가 많다, 문자를 사용한 인류의 역사적 DNA가 종이에 남아있기 때문이다.

디지털 시대는 글을 이해하고 의사소통의 용도로 사용할 수 있는 능력인 '기능적 문해력'(Functional Literacy)이 보다 정교한 수준에서 요구된다. 누구나 작가가 되고 독자가 되는 시대에 '디지털 커뮤니케이션 문해력'(Digital Communication Literacy)의 밝은 미래를 기대해본다.

- 신현규, 「디지털 시대의 문해력」, 중대신문, 2020. 12.06. -

위의 글은 신현규 교수의 「디지털시대의 문해력」의 전문이다.

디지털 문해력(Digital literacy)은 산업화 시대가 되면서 미디어의 발달과 문서를 통한 업무 처리로 말하고 듣는 능력뿐만 아니라 읽고 쓰는 능력이 사회생활을 해나가는데 있어 필수 요소로 차지하고 있다. 디지털 문해력은 한 사람이 디지털 플랫폼을 통해 정보를 처리하고 생산할 수 있는 능력을 말한다. 우리는 이미 디지털 기술 속에 살고 있다. 스마트폰이 우리 생활속에 깊게 자리잡고 있으며, 인터넷을 통해 정보를 전달하고 교환하고 있다. 그렇다고 해서 우리가 디지털 기술을 모두 능숙하게 사용하고 있다고 할 수는 없다.

4차산업 혁명시대에는 인공지능, 블록체인 등 디지털 기술 사용이 더욱 증가하게 될 것이고 인간이 하던 일을 점차 기계가 대신하게 될 것이다. 그러나 이러한 기술을 효율적으로 사용하고 인간이 기계를 이용하는 주체가 되기 위해서는 정보에 대한 폭넓은 이해가 필요한데, 이는 곧 디지털 문해력을 갖추는 것이 얼마나 중요한 지 알게 해준다. 쉽고 간편하게 작가가 되고, 독자가 되는 지금의 현실에서 디지털 커뮤니케이션 문해력을 향상시키기 위해서 많은 노력을 아끼지 않아야 한다.

문해력이란 이 세상에 존재하는 이미지, 환경, 사건을 텍스트로 만들어 생각할 수 있는 능력이다. 그래서 문해력이란 시각적 감각이 필수다. 내가 무엇을 보고 있는지는 오직 나만 알 수 있다. 나는 당신이 매일 바라보는 일상을 소중히 대하기를 바란다.
- 김종원, 『문해력 공부』, 알에이치코리아, 2020, 279쪽. -

Chapter 2

SNS시대
글쓰기의 방법

SNS시대는 정보를 생산하는 사람이나 소비하는 사람 모두에게 편리한 방향으로 변모하고 있다는 점은 분명하다. 편리하다는 것은 속도를 전제로 한다. SNS는 단시간에 다양한 관계를 맺을 수 있는 공간이다. 친구 맺기로서 허용된 타인들의 생활을 엿보거나 자신의 삶을 타인들에게 보여주며 게시물에 댓글을 쓰는 등의 방식으로 자신의 뜻을 전달하기도 하고, 게시물을 공유하기도 한다. 관계를 끊는 것 또한 순간의 일이 된다. 이러한 관계의 순간성, 속도의 문제는 깊이에 대한 회의를 가져온다. 관계의 수평적, 무조건적 확대는 개인과 개인으로서 가지는 유대의 깊이를 약화시킬 수밖에 없기때문이다. 그리고 그것은 글쓰기가 지향하는 본질적 자아의 위치나 회복과도 관련한 문제가 된다.[1]

문자메시지(메시지, 카카오톡)의 특징

문자 서비스를 이용하여 보내는 문장을 문자 메시지라고 하며 줄여서 '문자'라고도 한다. 단문 메시지 서비스의 종류에는 통신사 또는 국가에 따라 차이가 있으나 '일반 SMS, WAP-PUSH SMS, 호출용 SMS, Long SMS' 등이 있다. 스마트폰에서 많이 사용하는 메시지와 카카오톡이 있다. 문자메시지는 다른 사람들에게 안부 인사나 축하 인사, 감사 인사, 업무 전달 등 다양한 내용의 의사소통을 할 때 가장 많이 사용하는 커뮤니케이션 도구이다. 문자메시지는 개인 간의 의사소통과 관계 형성을 위해서 모임이나 단체의 소식 전달에 이용하는 것은 물론 직장에서는 업무에서 사용한다. 기업에서는 인터넷을 활용하여 대량으로 문

---

1) 이혜경, 「공동체 글쓰기 연구-SNS글쓰기를 중심으로」, 『열린정신 인문학 연구』 16-1호, 원광대학교 인문학연구소, 2015, 264쪽.

자를 전송할 수 있어 고객관리와 마케팅 차원에서 문자메시지를 활용하고 있다.

문자메시지는 통신기기의 발달과 소셜미디어 기술의 발달로 음성통화보다도 간편하게 의사소통수단으로 활용되고 있다. 문자메시지는 떨어져 있는 상대방에게 신속하고 정확하게 자신의 마음과 의사를 전달할 수 있고, 손쉽게 상대방을 내 편으로 만들 수 있는 최고의 커뮤니케이션 방법이다. 최근에는 문자 위주의 서비스에서 벗어나 사진·그림·동영상 등을 주고받을 수 있는 MMS(Multimedia Message Service)로 진화하고 있다.

문자메시지는 전달하고자 하는 메시지의 양을 최소화해야 하므로 메시지의 내용을 함축할 수 있는 기술이 필요하다. 일반적으로 메시지는 메시지를 읽는 대상에 따라 논리와 감성을 적절히 사용하여 작성해야 한다. 보통 공적인 메시지를 보낼 때는 전달하고자 하는 메시지가 짧으면서도 수신자가 발신자의 의도를 정확히 파악할 수 있어야 한다. 사적인 메시지에 담는 글귀는 삶의 재치와 감동이 묻어나서 수신자가 편안하고 기쁜 마음이 들 수 있도록 하며, 생활의 활력소가 되도록 만들어야 한다. 따라서 받는 사람의 마음을 사로잡을 수 있는 좋은 문구와 윤기나는 어휘를 착상해 시의적절하게 사용하여 전하고자 하는 내용을 양념으로 곁들이는 지혜가 필요하다. 아름다운 문자메시지를 만드는 정성과 시간은 에너지의 낭비가 아니라 우리의 삶을 더욱 풍요롭게 할 수 있는 소중한 자양분이 될 수 있다.

문자메시지의 매력은 기쁨과 행복을 상대에게 전달할 수 있고, 그 효과가 증진하여 다시 돌아오게 하는 데 있다. 상대방에게 감사와 축하, 즐거움, 희망, 평안, 의욕, 행복을 전달해주는 문자메시지는 보는 이의 마음을 기쁘게 해주고 더욱 신뢰감을 준다.

문자메시지의 특징

- 마주 보고 대화를 하지 않아서 부담이 없이 소통할 수 있다.
- 시간과 경비를 절약할 수 있다.
- 형태나 디자인을 다양화할 수 있다.
- 언제든지 자신의 감정을 상대에게 전달할 수 있다.
- 받은 문자에는 보낸 사람의 인품이 그대로 묻어날 수 있다.

문자메시지를 활용해야 하는 이유

- 가장 신속 정확하게 의사를 전달하는 통신수단이다.
- 문자메시지는 효율성이 가장 뛰어난 통신수단이다.
- 상대방 감성을 사로잡을 수 있는 수단이 될 수 있다.
- 경제적 효과성이 가장 뛰어난 통신수단이다.
- 활용상의 편리성과 자율성이 매우 뛰어나다.
- 상대방에 대한 배려로 신뢰를 더 얻을 수 있다.
- 감정을 순화시켜주고 언어구사력, 창의력을 길러준다.
- 대량의 동보전송이 가능에 정보 전달용으로 적합하다.
- 다양한 디자인으로 상대방에게 강한 인상을 줄 수 있다. 사용된 문자는 언제든지 다양하게 다시 사용할 수 있다.

1 같은 학과의 학우에게 '교내 체육대회'와 관련한 내용을 전달하는 문자 메세지를 작성해보자.

2 학기말에 학점과 관련하여 문의사항을 교수님께 여쭈어본다고 가정하고, 문자메세지를 작성해보자.

3 부모님께 감사의 마음을 문자 메시지로 담아보자.

관계기반 SNS의 특징

관계기반 SNS에는 페이스북(Facebook), 카카오스토리(Kakao story), 인스타그램(Instargram), 블로그(Blog) 등이 있다. 관계기반 SNS는 자신의 프로필이 노출된 상태에서 인간관계를 맺는다. 이는 서로를 알고 있는 지인들과 SNS에서 지속적으로 자신의 일상을 공유하기 위한 목적으로 사용되는 커뮤니티이다. 유투브(Youtube), 트위터(Twitter) 및 페이스북(Facebook) 등과 같은 다양한 온라인 사이트의 인지도가 향상되면서 이를 통해 더욱 편리한 정보를 얻고자 하는 사용자들이 급격히 증가되었다.

SNS는 이용의 편리성과 정보 교류, 사회적 상호작용이 가능하다는 점에서 사회적 참여 및 활동에 영향을 미치기도 한다. SNS 중 하나인 페이스북 이용자들은 사회적 연계와 정체성, 사회적 탐사 등의 목적으로 페이스북을 이용하는 것으로 나타나, SNS의 특성이 단순한 서비스 이용을 위한 것이 아니라는 사실을 확인할 수 있다.

SNS를 통한 자기 노출은 타인과의 친밀도를 높이거나 상호 관계를 확장시키기도 하며, 타인에게 호의적 인상을 줄 수도 있고, 때로는 자신의 이상적 모습을 보여주기 위해 선택적 노출을 하기도 한다. 페이스북은 2004년 하버드대학교 학생 마크 저커버그에 의해 시작된 세계 최대의 소셜 네트워크 서비스이다. 페이스북 이용자들은 자신의 얼굴 사진이나 친구의 숫자 등으로 자신의 이미지나 위상 등을 나타내기도 하며, 페이스북 프로필 사진으로 타인의 성격이나 인상을 파악하기도 한다. 2016년 3월 월간 이용자 기준으로, 페이스북은 약 16억 명, 왓츠앱은 약 10억 명 인스타그램은 약 5억 명 가량에 달한다고 한다. 인스타그램에는 매일 8천만 건 이상의 사진이 포스팅 되고 있으며, 페이스북에는 매일 35만 명 이상이 '좋아요'를 누르고 있다. 물론 이런 수치는 계속 증가하고 있다.

> SNS를 이용하는 이들의 심리의 기저에는 타인에게 인정받고, 사랑받고 싶은 기본적인 욕구가 녹아 있습니다. 타인에게 인정과 사랑을 바라는 것은 지극히 자연스러운 본연의 욕구입니다. 문제는 자신의 욕구와 현재의 삶과의 균형이 깨어질 때 생깁니다.
> — 신재현, 「SNS의 시대, 건강한 자존감 지키기」,
> 『정신의학신문』, 2018. 11. 14. —

페이스북 이용자는 자신이 페이스북 친구의 담벼락에 글이나 사진 등을 올릴 수 있고, 댓글이나 "좋아요"(Like) 버튼을 통해 다른 사람의 포스팅에 반응하기도 한다. 이러한 기능들로 인하여 페이스북은 주로 지인들을 대상으로 개인의 일상과 감정을 소통하는 정서지향적 상호작용 서비스로 포지셔닝 되어 있다. 페이스북을 통한 상호작용 속에서 이용자는 다른 이들의 삶을 관찰하고 평가하는 빈번한 기회들을 가지게 될 뿐만 아니라, 다른 이들 또한 나의 삶을 관찰하고 평가할 수 있다는 인식을 가질 수 있다. 결국 자신의 글이나 사진 등을 올리면서 자신에 대한 타인의 시선과 평가를 의식하여 자신의 이미지를 보다 긍정적으로 포장 또는 과시하려는 욕구가 생길 수 있다.

> '페이스북이 마음대로 이용할 수 있는 정보 자산은 어마어마했다. 그들은 페이스북에서 매일 수십억 개의 신호들을-대개 사람들이 페이스북에서 누르는 '좋아요'나 게시물의 형태로-얻을 뿐 아니라, 이 데이터를 다른 곳에서 가져온 유용한 데이터로 증강시키는 작업도 점점 더 효과적으로 처리할 수 있게 되었다. 그중에서 으뜸

은 기업의 고객을 이메일이나 전화번호를 통해서 페이스북 이용자와 매칭시키는 능력이었다. 이럴 경우 해당 기업은 기존 고객이나 특정 프로필의 고객, 특정한 행동양식을 보이는 고객, 예비 고객 등과 소통할 때 한층 현명하게 대처할 수 있었다. 이 능력은 사람들이 방문한 다른 웹사이트나 제3자 데이터 공급자들이 제공한 정보를 이해함으로써 더 강력해진다. '유사 타기팅 look- alike tar-geting'이라고 부르는데, 페이스북이 사람들에 대해서 가지고 있는 데이터를 '전부' 활용해서 원래 집단과 얼마나 유사한지 수학적으로 판단하는 기술이다. 인간인 광고주가 활용하는 기본적인 통계 자료 차원을 훨씬 뛰어넘어서 광고주와 사람들을 이어주는, 페이스북의 무기고에서 가장 강력한 도구 가운데 하나다.'

- 마이크 회플링거 저, 정태영 옮김,
『비커밍 페이스북』, 부키, 2018, 118쪽. -

최근 연구 결과를 보면, 페이스북 이용자들이 포스팅을 하는 가장 큰 이유는 자신의 이미지 관리를 위해서이다. 페이스북 이용을 통해 남들에게 보이는 자신의 이미지를 가꾸는 동시에 남들이 이러한 이미지에 어떻게 반응하는지를 점검하는 것이 페이스북 이용의 가장 큰 이유가 되고 있는 것이다. 최근 들어 페이스북 이용이 개인의 '자기애(自己愛)'와도 연관이 있다는 연구들이 활발하게 발표된 것도 이러한 현상과 관련이 있어 보인다.

자신의 일상과 생각을 페이스북이나 카카오스토리에 공개하여 상대방에게 신뢰를 줄 수도 있지만 예민한 부분의 노출로 인하여 다양한 피해를 입을 수도 있으니 주의해야 한다. 페이스북과 카카오스토리, 인스타그램에 올리는 글의 주제는 다음과 같다.

- 자신의 일상과 관련된 글
- 자신의 취미와 관심사
- 마케팅을 목적으로 하는 글
- 논쟁적인 요소가 담겨있는 글
- 삶과 관련된 미시적인 담론
- 비평이나 유쾌한 풍자가 있는 글

SNS에서의 글쓰기 전략은 다음과 같다. 모바일 사용자가 90% 이상인 페이스북과 카카오스토리에서는 첫 문장에 신경을 써야 한다. 왜냐하면, 페이스북은 글의 내용 중에서 초기의 1줄, 길면 2~3줄까지만 표시된다. 그러므로 핵심 키워드가 첫 줄에 있어야 하고 3줄 이내에 글이 전체 내용을 파악할 수 있도록 작성해야 한다. 카카오스토리는 5줄 정도 표시되므로 호기심을 유발하는 문구로 글을 모두 읽어 볼 수 있도록 작성한다. 또한 글의 분량에 따라 적당한 이미지를 삽입하여 글을 읽을 때의 지루함을 줄여주어야 한다. 많은 양의 글은 블로그에서 작성하여 링크될 수 있도록 해야 한다. 페이스북은 인스타그램과 연동이 되기 때문에 같이 고려하여 작성하면 좀 더 효과적인 글이 될 수 있다.

> 유튜브는, 처음엔 요거만 봐야지 하고 보기 시작하지만 보다 보면 이것도 딸려오네, 저것도 재밌겠네 하면서 계속 보게 되는 거죠. 동영상을 보는 행위 하나하나는 읽기와 다를지 모르겠습니다. 하지만 그것이 만들어내는 흐름은 우리가 읽기에서 처음에 상상했고, 또 읽기를 잘하는 사람들이 하는 방식이에요.
> — 김성우, 엄기호, 『유튜브는 책을 집어삼킬 것인가』, 따비, 2020, 121쪽. —

코로나19는 미래를 확 끌어당겨 우리 앞에 던져 놓았다. 재택 근무와 실시간 화상 회의, 언택트 공연 같은 족히 수년은 걸릴 것 같은 변화의 과정을 단시간에 이끌어냈다. 유튜브는 그 변화를 적극적으로 수용하며 주도하고 있다.

한치 앞도 내다볼 수 없는 혼란스러운 상황에서 최적의 콘텐츠 파워로 성장하고 있는 유튜브가 앞으로 어떻게 진화할까? 2021년 유튜브 트렌드에 주목해야 할 이유다.

- 김경달 외, 『유튜브트렌즈 2021』, 이은북, 2020, 21쪽. -

기존의 일방적인 동영상 시청 및 제공에 그쳤던 유튜브 사이트는 이제 대중적으로 많은 사용자들이 쉽게 채널을 만들고 동영상을 등록할 수 있다. 조회수, 채널 등록 수 및 동영상 시청자의 자세한 통계적 정보 등을 조회할 수 있기에 사용자들과 상호작용하는 대표 사이트로 유명하다. 반면 시간이 지나면서 정보의 양은 자연스럽게 급격히 증가하여 기하급수적으로 축적되고 있기 때문에 오히려 다양한 형태의 빅 데이터는 개인 맞춤형 정보제공에 비효율적인 경우가 많다.[2]

---

2) 윤홍찬 외, 「유투브에서 인지도 높은 채널을 자동으로 랭킹 해주는 기법」, 『한국통신학회 하계종합학술발표집』, 한국통신학회, 2017, 1431쪽.

블로그 글쓰기

  블로그는 웹(web) 로그(log)의 줄임말로, 1997년 미국에서 처음 등
장하였다. 새로 올리는 글이 맨 위로 올라가는 일지(日誌) 형식으로
되어 있어 이런 이름이 붙었다. 일반인들이 자신의 관심사에 따라 일
기 · 칼럼 · 기사 등을 자유롭게 올릴 수 있을 뿐 아니라, 개인출판 · 개
인방송 · 커뮤니티까지 다양한 형태를 취하는 일종의 1인 미디어이다.

  블로그는 개인의 생각과 감정을 표출하기에 적절한 인터넷 출판 매체
이다. 게시자가 중요하다고 생각하는 정보, 잊지 않기 위해 메모하는
생각, 자기 자신에 대한 고백, 성찰, 반성 등 다양한 내용을 게시글의
형태로 제시하는 일종의 표현 공간이다. 블로그는 원래 개인적인 자료
나 일기 등을 작성하기 위한 목적으로 개발되었다. 하지만 게시글 제작
과 관리가 용이하다는 점으로 인해 최근에는 주로 자신의 일상과 관심
사를 글, 사진, 동영상 등의 형식으로 표현하는 출판 도구로 활용되고
있다. 블로거들을 대상으로 한 미국의 조사결과를 보면, 응답자의 77%
가 자신을 표현하기 위한 수단으로 블로그를 이용하며, 그 중 37%는
주로 자신의 삶과 경험에 대해 표현을 담고 있다고 한다. 한국의 경우도
크게 다르지 않다. 개인의 자기표현 및 자기 노출 동기가 블로그를
하는 주요한 원인 중의 하나로 인식되고 있다.

  블로그는 개인화된 미디어로서 일상화되어 있고 글쓴이 자신의 감정
및 경험을 표현하는 사적인 글이 자주 게시되고 쉽게 공유되기 때문에,
블로그의 글을 읽는 사람들이 글쓴이의 감정과 심리상태를 마치 나의
것처럼 느끼는 공감 경험을 더욱 많이 하게 된다.

블로그의 특징

- 일기처럼 날짜별로 구성되어 있어 일상에서 일어나는 일들을 손쉽게 기록할 수 있다.
- 완벽한 자료 관리가 가능하다.
- 독자적인 자료 보관이 가능하고, 저장된 파일을 이메일로 보낼 수 있다.
- 일반 커뮤니티의 게시판과 달리 콘텐츠 중심으로 구성되어 있어 더 많은 커뮤니티기능을 할 수 있다.
- 자신이 작성한 콘텐츠를 중심으로 이웃이 생겨 광범위한 커뮤니티를 형성할 수 있고, 남이 만든 블로그에 가입할 수도 있다.
- 채팅이 가능하며, 특히 채팅한 내용들이 날짜별로 블로그 페이지에 기록된다.
- 웹 브라우저 상에서 실시간으로 콘텐츠의 내용을 볼 수 있다.

블로그 글쓰기 전략

블로그에 글을 쓸 때는 부담을 버리고 글을 써야 한다. 누군가 나의 글을 볼 것이라고 생각하지 말고, 나의 글이 좋은 글인지 아닌지 고민하기 보다는 직접 써봐야 한다. 모든 위대한 성공의 여정에는 시작이 있었다. 글쓰기의 두려움은 쓰면서 저절로 해결된다.

블로그에 글을 쓸 때는 가장 친한 친구를 떠올리며 그 친구에게 이야기를 한다고 생각하면 편하게 글을 쓸 수 있다. 어떤 사실을 친구가 잘 알아들을 수 있게 말하는 것처럼 쓰면 된다.

자기자신에서 시작하는 것이 글쓰기의 첫걸음이다. 누구도 흉내 낼 수 없는 글을 쓰고 싶다면 나로부터 출발하자. 내 경험을 남에게 설명할 사람은 이 세상에 딱 한 명뿐이다. 다른 누구도 아닌 나 자신이다. 쓸 것이 없는 사람도 일단 글을 완성할 때까지 많은 시간을 투자하여 고민해야 한다. 그러다 보면 어느 순간 글이 써지고 완성되는 경험을 할 수 있다. 시간을 투자하는 것만큼 확실하고도 분명하게 글쓰는 방법도 없다.

분명하고 확실한 목적은 우리의 인생 뿐만 아니라 글쓰기에도 큰 도움이 된다. 글을 쓰다가 막히면 당장 생각해봐야 한다. 지금 쓰고 있는 글의 목적이 무엇인지 되짚어 봐야 한다.

재미있게 쓴 글에는 많은 사람이 댓글과 공감으로 호응을 한다. 그러나 억지로 쓴 글은 글을 쓰는 시간도 오래 걸리고 읽는 사람들로 하여금 그 어떤 감흥도 느끼지 못하게 한다. 흥미롭고 재미있게 글을 쓰면 막힘없이 잘 써진다.

내가 적은 일상의 기록을 본 누군가는 다른 점을 찾고 그안에서 재미를 느끼기도 한다. 또 콘텐츠의 내용이 재미있어야 한다. 내 생각과 달리 읽는 사람은 자신의 감정을 투영해 나의 일상을 들여다본다.

블로그에서 특정 목적을 서술하는 글쓰기가 될 수도 있다. 일기 쓰기는 어떠한 형식과 내용에 구애받지 않는 가장 좋은 글쓰기다.

글을 쓰기 두려워하는 사람들이 갖는 공통점은 바로 완벽한 글을 쓰려고 노력한다는 것이다. 완벽한 글이란 존재하지 않으며 블로그에서 쓴 다양한 글은 여러분에게 큰 힘이 될 수 있다.

내 지식이 부족하다는 사실을 깨닫기 때문에 지속적으로 그 분야의 글을 쓸 수 있는 것이다. 글은 가진 지식을 정리하기 위해 쓰기도 하고 모자란 지식을 습득하기 위해 공부하며 쓰기도 한다.

좋은 글을 읽지 않으면 좋은 글을 쓸 수 없다. 누군가 남긴 댓글로 알 수 있듯이 내가 쓴 글은 나 혼자만 보는 것이 아니다. 불특정 다수

가 보기 때문에 내용에 전적으로 책임을 가지고 성실한 글쓰기를 해야
한다.

블로그에 글을 올리기 전에 확인할 사항

- 오타 및 띄어쓰기 확인
- 단락 나누기
- 중간중간 소제목 써주기
- 두 줄 이상인 문장은 절반으로 끊기
- 글 제목, 본문 앞머리, 태그에 키워드가 들어갔는지 확인하기
- 인터넷 언어와 은어의 사용 여부
- 단어의 중복
- 내용에 맞는 적절한 이미지
- 불필요한 접속사의 사용

Chapter 3

객관적 · 주관적
글쓰기

독서감상문과 서평

1. 독서와 글쓰기

인터넷 시대에서 이미 우리는 많은 스토리를 접하고 있다. 요즘의 콘텐츠는 상품으로서 쉽고 빠르게 정보나 감정을 전달하는 것을 목표로 하고 있다. 즉, 스낵컬처라고 부르는 콘텐츠들이 범람하는 시대다. 스낵컬처는 대부분 짧은 시간 안에 소비할 수 있는 문화 컨텐츠들을 통칭하며 웹소설, 웹툰, 유튜브, 영상짤방 같은 것들을 스낵컬처라고 볼 수 있다.

그렇다면 그 스낵컬처들만 잘 접하면 되는 게 아닐까? 이미 우리는 많은 정보들을 유튜브를 통해서 접하고 있으니 사실 책같은 것은 필요 없지 않을까? 라는 질문들을 하게 된다. 그렇다면 그것은 진짜일까? 우리는 책을 읽지 않아도 될까? 그렇지 않다. 짧은 호흡의 스낵컬처와는 다르게 독서는 긴 호흡의 일이다. 긴 호흡이라는 것은 어떤 의미인가? 즉 한 번에 쉽게 파악할 수 없는 것이라는 의미다. 우리는 정보를 쉽게 접하는 것에 익숙해져 있다. 하지만 정보가 가지고 있는 이면의 의미를 파악하는 작업에는 약하다. 그것을 보완해주는 것이 독서이다.

이때까지 독서는 그 텍스트가 주는 의미를 파악하는 것, 정보를 받아들이는 것에 중심이 있었다. 우리가 중·고등학교 시절에 배우던 국어를 생각하면 이해하기가 쉽다. 저자가 무슨 말을 하려고 하는지, 이 작품이 어떤 주제를 가지고 있는지, 화자의 상태가 어떤지, 우리는 책에서 정해져있다고 생각하는 답을 외우는 것에만 바빴다. 이것이 바로 텍스트 중심의 읽기다. 텍스트가 중심이 되어 모든 것들을 결정하는 것이다. 즉, 지식을 얻는 것이 중요하던 시절의 읽기의 방법이었다.

그러나 지금은 어떠한가? 창의적 인재를 구하는 곳들이 늘어나고 있다. 같은 텍스트를 가지고도 창의적인 해석을 하는 사람에게 더 많은 점수가 주어진다. 더 이상 독서는 어떠한 지식이나 정보만을 얻기 위한 도구가 아니다. 책이 주는 의미를 재구성하고, 자신이 해석하는 것이 중요해진 것이다. 이제 텍스트 중심의 읽기가 아닌, '나' 중심의 읽기를 해야하는 것이다. 이를 통해 우리는 새롭게 의미를 파악고자 하는 능동적 읽기 습관을 만들어 나가야 하며 이것이야말로 독서가 우리를 성장하게 하는 부분이다.

그렇다면 독서를 더 깊게 하고, 독서 이후 생각을 잘 정리하기 위해서 할 수 있는 활동은 어떤 것들이 있을까? 그 책에 관하여 글을 써보는 것이다. 독서에 관한 글쓰기는 크게 독서감상문, 독서에세이, 서평 등으로 나누어 볼 수 있다. 위의 세가지 글쓰기의 공통점과 차이점, 특징, 작성 방법에 대해 알아보도록 하자.

2. 독서감상문/독서에세이/서평

먼저 독서감상문은 다음과 같다.

독(讀)	읽다
서(書)	책
감(感)	느낌
상(想)	생각
문(文)	글

그대로 풀이하자면, 독서 감상문이란 책을 읽고 자신의 느낌이나 생각을 자유롭게 쓰는 글이다. 우리가 초등학교 때부터 써왔던 독후감이 이런 형태의 글이다. 책에 대한 요약 등과 함께 자신의 감상을 적는 형태인 것이다.

다음으로는 독서에세이가 있다. 독서 에세이의 경우, 조금 더 생소한 단어일 수 있다. 독서 에세이란 독서를 한 이후에 쓰는 에세이, 즉 수필이라고 생각하면 된다. 그렇다면 수필의 정의는 무엇일까? 수필은 자신의 경험이나 생각들을 자유로운 형식으로 적는 것을 뜻한다. 여기에서 중요한 것은 이 글에는 자신의 경험이나 생각들을 토대로 한 주제가 있어야 한다. 그리고 그 주제가 독창적일수록 좋은 글이라고 볼 수 있다. 또한 수필은 공감을 바탕으로 하는 글이기 때문에 독자의 공감을 잘 불러일으키는가도 중요한 요소라고 볼 수 있다.

독(讀)	읽다
서(書)	책
에세이(essay)	수필

그렇다면 독서에세이는 어떤 것일까? 독서 에세이, 즉 독서 수필이라고 생각해보자. 독서를 한 이후, 그것에 대한 나의 생각, 혹은 그것과 관련한 나의 경험을 내가 정한 주제에 맞춰서 써나가는 것이다. 독서감상문은 나의 감상을 적는 데에 중점을 둔다면, 독서 에세이는 독자들과의 소통, 공감에 중점을 둔다는 점이 다르다.

마지막으로 서평은 무엇일까? 서평이라는 단어부터 무언가 앞선 글들보다 딱딱한 느낌이 든다.

書(서)	책
評(평)	평가하다

서평은 책에 대한 이해와 감상이 감정적인 측면에서 머무는 것이 아니라 객관적인 근거 등을 통해서 증명해내야 한다는 점이 위의 두

글과의 큰 차이점으로 볼 수 있겠다. '~을 해서 좋았다.', '~해서 슬펐다.', '~가 미웠다.'는 수준의 감상이 아니라 객관적인 근거를 들어 책에 대한 평가를 하는 것이다. 이는 '비판적 읽기'와 '비판적 쓰기'가 동시에 요구되며 이를 통해 독자를 설득시켜야 한다.

정리해보자면 다음과 같다.

독서 감상문	독서 에세이	서평
독자를 전제하지 않음	독자를 대상	독자를 대상
	주제 필요	객관적 근거 제시
감상과 느낀 점 중시	감상과 느낀 점 포함	

3. 좋은 감상문을 쓰는 방법

그렇다면 좋은 감상문 쓰는 방법이 있을까? 우리는 좋은 감상문 역시 하나의 시험문제처럼 생각한다. 왜냐하면 우리는 늘 과제로 감상문을 써왔기 때문이다. 선생님께서 맞다고 해줄 정답을 찾는 것은 우리가 오래도록 학습한 방식이다. 하지만 앞에서 말했다시피 하나뿐인 정답을 가진 시대는 이미 막을 내렸다. 이제는 나만의 해석을 가지는 것이 중요한 시대이다. 감상문도 마찬가지다. 정해진 답을 찾으려고 노력할 필요는 없다. 이제는 내가 얼마나 작품을 면밀히 해석하고, 고민하고 감상했는가가 중요하다.

다만 글을 쓸 때 주의할 점은 단순히 나의 감정만 나열하는 것에서 그치지 않아야 한다. 우리는 많은 경우 독서감상문을 작성하라고 하면 내가 느낀 점을 하나부터 열까지 순서대로 나열하고 뿌듯해 한다. 그러나 사실 독서감상문 쓰기는 그렇게 나열하는 것이 아니다. 내가 어떤 감상을 얻었다면 그것이 어느 구절로부터 어떻게 왔는지 근거를 찾아봐야 한다. 그것은 서평처럼 객관적인 근거가 아니라도 괜찮다. 나만의 해석으로 나만의 감정을 일으킨 근거라도 관계가 없고, 오히려 나만의 근거를 찾는 것이 더 높은 점수를 받는다.

좋은 감상문을 쓰기 위해서는 읽으면서도 어떤 부분을 감상문으로 서술할 지 준비해야 한다. 그리고 특별한 부분들은 책을 접거나 스티커를 붙여 표시해 둔다. 그리고 책을 완독한 후에 그 부분들만 모아서 따로 확인하여 그 중에서 내가 가장 인상깊었던 것들을 위주로 하나의 주제를 만든다. 그 후 글을 어떻게 구성할 것인가 계획을 세운다. 대부분 서론, 본론, 결론의 형태로 작성하는 것이 가장 쉽다. 자신이 아는 범위 내에서 글을 쓰면서 필요한 정보들이 있으면 찾아보고 내것으로 소화한 후에 사용한다.

4. 좋은 서평 쓰는 방법

좋은 서평은 좋은 감상문을 쓰는 것보다 어렵다. 좋은 서평을 쓰기 위해서는 그 책의 주제에 대해서 잘 알아야 한다. 그리고 그 책에서 이야기하고자 하는 주제가 주제를 사람들이 어떤 식으로 이야기하고 있는 지, 어떤 의견들이 많은 지 그 이유는 무엇인지 등등 그 관련 분야의 정보들을 정확하게 아는 것이 중요하다. 그래야 우리가 그 책을 평가할 수 있다.

또한 좋은 서평을 쓰기 위해서는 필수적으로 문장력을 갖추어야 한다. 그 문장력이란 부사나 미사여구로 꾸며진 화려한 글쓰기가 아니라 단정하고 정확한 글쓰기이다. 문장에 오류가 없어야만 글의 신뢰도를 확보할 수 있다. 문장에서 맞춤법이나 문법적으로 틀린 부분이 발견되면 그 글의 전체적인 신뢰도가 저하된다. 서평은 객관적으로 상대방을 설득해야하는 글쓰기인 만큼 이런 부분을 면밀히 점검해야 한다.

| 학 | 습 | 활 | 동 |

1 읽었던 책 중에서 가장 감명깊었던 책에 대한 감상을 써보세요.

2 읽었던 책 중에서 가장 추천하고 싶은 책을 정해서 짧은 서평을 써보세요.

연설문

1. 연설문 정의

연설문은 사람들 앞에서 자신의 생각을 조리 있고 체계적으로 설명하고 설득하기 위해서 연설 전에 미리 써 보는 글이다. 연설문을 미리 작성하면 연설의 효과를 극대화할 수 있다.

또한 연설문은 연설을 위해 작성하는 원고이기 때문에 연설의 형태에 따라 달라진다. 연설은 크게 정보전달 연설과 설득 연설로 나눠볼 수 있다.

1) 정보전달 연설

먼저 정보전달 연설은 우리가 가장 많이 하는 연설 중의 하나다. 정보, 지식 및 기술 또는 어떠한 문제 등을 알려주는 것을 목적으로 한다. 강의와 같은 것도 여기에 속한다.

2) 설득 연설

연설을 듣고 있는 상대방을 설득하기 위한 연설이다. 다른 생각을 가지고 있는 상대방을 연설을 통하여 나의 입장으로 설득하는 것이 목적이다. 연설문을 쓸 때에는 남이 읽는다는 생각을 버리고 내가 말한다는 생각을 가져야 한다.

2. 연설문 쓰는 법

1) 주제 잡기

주제에서 가장 중요한 것은 어느 방향으로 이야기를 전개할 것인가다. 주제는 단 하나의 문장으로 설명할 수 있어야 한다. 따라서 관련이 없는 소재는 아무리 내용이 좋더라도 과감하게 빼고 진행한다.

주제를 정하기 전에 소재를 잡는 것이 중요한데, 이때 소재는 주로 내가 잘 알고 있거나, 내가 확고한 입장을 가지고 있는 것, 혹은 듣는 사람들이 관심을 가질 만한 것들로 삼는다.

소재를 잡은 후에는 큰 주제들을 여러 가지 생각해보도록 한다. 이때 브레인스토밍을 해도 좋다. 그렇게 큰 주제를 선정하면 그 주제 중 하나를 골라 구체적이고 세분화된 주제로 나누어보자. 연설은 시간의 제한이 있기 때문에 그 시간 안에 발표하는 것이 중요하다. 따라서 자신에게 주어진 시간에 맞춰서 주제의 크기를 정하도록 한다. 이때 주제는 너무 포괄적이거나 상대방에게 중요하지 않은 것들, 혹은 모두가 잘 알고 있는 것들을 제외하도록 한다. 이는 연설에 대한 관심도를 떨어뜨린다.

2) 연설문 작성

(1) 개요작성

연설문을 작성하기에 앞서 연설문이 논리적 구조를 사용할 지 개요부터 작성한다. 개요를 작성한 이후, 도입부를 쓰기 시작한다. 도입부는 청중을 끌어들일 수 있을 만큼 흥미로워야 하기 때문에 부담이 큰 부분이다. 따라서 도입부에 공을 많이 들여야 하는데 도입부가 바로 생각나지 않는다면 본문부터 시작해도 좋다. 본문과 결론을 쓴 다음에 마음을 가다듬고 서론을 쓰는 것이다.

(2) 도입부 작성

먼저 도입부에서는 내가 어떠한 방식의 이야기를 할 것인지 맛보기로 보여준다고 생각하면 좋다. 연관된 사례를 드는 것이 가장 많이 쓰이는 방법 중 하나다. 혹은 자신이 이야기할 개념에 대해서 먼저 설명을 해주는 방법도 있을 것이다. 도입부는 내가 어떤 이야기를 할 것임을 밝히고 청중을 끌어당기는 역할을 하기 때문에 흥미로워야 한다. 또한 도입부를 성공적으로 잘 이끌 수 있다면, 전체 연설을 안정적이게 끌고 갈 수 있는 원동력을 얻을 수 있다.

도입부를 실패하는 것은 첫인상을 나쁘게 하는 것과 같다. 도입부를 성공적으로 잘 이끌었을 때, 본론과 결론이 조금 덜 흥미롭더라도 이끌고 가기 수월한 반면 도입부에서 흥미를 잃으면 본론이나 결론에서 흥미를 이끌기가 어렵다. 따라서 도입부는 청중에게도 말하는 연설자에게도 중요한 부분이다.

(3) 본문과 결론 작성

본문을 작성할 때는 미리 적어둔 개요를 확장시킨다. 미리 개요로 잡은 핵심 내용들을 본문에서는 자세히 설명하는 것이다. 시간적 순서, 공간적 순서, 중요도 등에 따라 정리하거나 자신의 논리구조에 맞게 정리하도록 한다.

결론을 작성할 때는 연설문의 요점을 간략히 요약해야 한다. 사람들은 마지막 부분에서는 지치기 마련이다. 했던 이야기를 계속해서 다시 설명한다면 인내심이 바닥에 다를 것이다. 따라서 중요한 핵심만을 짚어주는 것으로 결론을 지어야 할 것이다. 도입부과 결말부를 연결시켜서 이야기를 끝낼 수도 있다.

3) 연설 원고 작성

연설 원고는 서술식과 키워드식으로 나눌 수 있다.

(1) 서술식 원고

서술식 원고는 내가 말하는 그대로를 서술형으로 적는 것이다. 나의 문장 하나하나까지 다 기록할 수 있지만 외우기가 어렵고, 연설 도중에 참고하기 위해서는 처음부터 끝까지 다 읽어야하는 수고스러움이 있다.

(2) 키워드식 원고

반면에 키워드식 원고는 자신의 이야기중에 핵심단어만 메모해두는 것이다. 전체적인 문장 구성을 참고할 수는 없지만, 연설 도중 헤맬 때 서술식 원고보다 빠르게 연설의 위치를 찾을 수 있다. 따라서 연설 원고로는 키워드식을 더 추천한다.

3. 연설하기

1) 에피소드 연설

일상 생활에서 일어나는 크고 작은 예화를 통해서 이야기를 시작하는 것이 좋다. 이는 일상언어를 통해 전해지기 때문에 이해하기가 쉽고, 청중과 연설자의 거리를 가깝게 해준다. 또한 스토리텔링 형식으로 인해 짧은 시간 안에 공감을 이끌어내기에 적합하며 메시지를 생생하게 전달할 수 있다.

에피소드에서 생동감을 주기 위해서는 사람들간의 대화나 자신의 속마음을 직접적으로 이야기하는 등의 표현을 사용하는 것이 좋다. 그로 인해 이야기에 생동감이 부여되고, 청중들은 이야기에 더 집중할 수 있다.

2) 연설의 떨림

연설이 떨리는 것은 당연하다. 경험이 적을수록 더 떨릴 수밖에 없다. 떨리는 이유는 보통 우리가 그 연설을 잘 해야한다는 강박관념을 가지기 때문이다. 그런 강박관념으로 인해 자신감을 갉아먹고 연설의 내용보다는 다른 것들에 더 신경쓰게 된다. 따라서 연설에서는 자신이 이 연설을 잘 해낼 것이라는 자신감과 자신을 믿는 자존감이 필요하다.

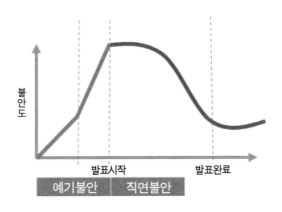

연설에서 가장 불안한 시간을 발표시작 3분 전과 발표후 2분이라고 한다. 따라서 그 5분을 잘 견뎌내면 불안은 점점 더 줄어들 것이다. 따라서 우리는 발표전에 손발을 풀고, 몸을 이완시키는 등의 스트레칭을 해주는 것이 좋다.

1 자신이 소개하고 싶은 이야기에 대하여 생각해보고 주제를 정해보자.

2 그에 관한 흥미로운 도입부를 써보자.

에세이

1. 에세이란?

일정한 형식을 따르지 않고 자유롭게 자신의 경험이나 일상에 대해 쓰는 산문 형식의 글이다. 소설은 인물·배경·사건 등 구조적으로 구성을 하고 그에 맞춰 이야기를 만들어야 하는 제약이 있고, 시나리오나 희곡 등 역시 쓰는 방법이나 형식이 정해져 있다. 그러나 수필은 그러한 제약에서 자유롭고 자신이 원하는 형식대로 쓸 수 있다.

수필은 개성적이고 고백적인 문학이다. 작가가 직접 자신의 이야기를 하는 것으로 작가의 내밀한 생각까지 알 수 있으며, 작가가 자신의 이야기를 직접하기 때문에 작가의 개성이 도드라지게 드러나며 작가의 체험을 간접체험함으로써 독자들도 수필을 통해 깨달음을 얻을 수 있다.

> 수필의 '나' = 글쓴이 자신
> 소설의 '나' = 글쓴이가 만든 허구적 인물

2. 에세이의 종류

크게 일상적인 일을 다루는 경수필, 사회적인 사건이나 무거운 주제를 다루는 중수필로 나눈다.

1) 경수필

경수필은 신변잡기를 다루며 주로 개인적이고 사색적이다. 문장이 가볍고 부드러우며 작가의 개성이 강하게 드러난다.

2) 중수필

중수필은 과학, 철학 등 객관적인 근거를 내세우며 체계적으로 쓰는 글들이다. 문장이 무겁고 딱딱하고 작가의 개성이 잘 드러나지 않는다. 주로 학자나 교육자에 의해 쓰인다.

3. 에세이 쓰는 법

기본적으로 에세이를 쓰는 방법은 기본 글쓰기를 쓰는 방법과 크게 차이나지 않는다.

주제 및 소재 선정 → 도입부 쓰기 → 본문 쓰기 → 결말 쓰기 → 퇴고

1) 주제 및 소재 선정

주제를 선정할 때는 자신이 잘 아는 것들 중에 선택하도록 한다. 자신이 잘 알아야 자신의 개성대로 글을 잘 이끌어 갈 수가 있다. 잘 모르는 것을 선택하였을 때는 이야기가 추상적으로 흘러갈 위험 소지가 있다. 또한 주제는 하나로 통일되어야 한다. 글이 무엇을 말하고 싶은가를 하나로 정리해야하며 여러 가지가 있을 경우, 독자들이 글의 목적을 혼란스러워할 수 있다.

주제를 선정한 이후에는 그 주제에 맞는 일상의 소재를 선택한다. 소재는 나만의 독창적 해석이 가능한 일상이면 좋다. 또한 독자로 하여금 흥미를 불러일으킬 수 있는 소재를 선택하도록 한다.

2) 도입부 쓰기

글의 첫문장은 글의 첫인상을 결정하는 것이기 때문에 심사숙고하여 작성하는 것이 좋다. 서론을 먼저 쓰는 경우도 있지만 때에 따라 본문부터 쓸 수도 있다. 서론은 매력적이어야 되기 때문에 자신이 없는 경우 본문을 미리 쓴 후 생각을 정리하여 본문을 가장 매력적으로 보일 수 있는 서론을 작성하도록 한다.

경험이나 생각으로 시작하여 독자의 호기심을 유발할 수도 있고, 내가 이야기하고자 하는 주제문으로 바로 시작하는 것도 가능하다. 혹은 명언이나 속담 등을 인용하여 글을 시작할 수도 있고, 분위기나 계절, 날씨 등 내용을 미리 예상할 수 있는 구절로 시작할 수도 있다. 자신이 원하는 주제에 대한 설명이나 통계적 자료를 통해 자신의 명제를 굳히고 시작할 수도 있으며 이외에도 이야기를 시작하는 무궁무진한 방법이 있다. 독자들의 흥미를 끌어 내 글을 읽을 수 있도록 하는 여러 가지 방법들을 생각해 보도록 한다.

서론을 쓸 때 가장 중요한 점은 독자의 흥미를 끄는 것뿐만 아니라 서론과 주제가 잘 연결되어야 한다는 것이다. 아무리 매력적인 서론이라고 해도 자신이 하고자하는 이야기와 맞지 않는다면 아무런 소용이 없을 뿐 아니라 글의 이해를 방해하게 된다. 따라서 매력적인 서론만큼이나 중요한 것이 주제문이다.

3) 본문 쓰기

에세이의 본문에서는 자신이 선택한 주제에 대해서 설명하고 묘사한다. 3단 구성의 글쓰기는 기본적으로 하나의 주제 아이디어를 쓴 다음 그것을 뒷받침할 세부 사항들을 작성한다. 그리고 적절한 정보나 감상들을 제공한 후, 다음 주제 아이디어로 넘어가서 또 반복한다. 기본적으로 3단 구성의 글쓰기 방법을 따를 수도 있지만, 에세이는 앞서 말했듯이 좀 더 자유로운 형식의 글이다. 자신이 하고자하는 이야기가 잘 전달 될 수 있는 형태를 선택해서 이야기를 전개해나가도 무방하다. 대신 자신이 하고자 하는 이야기가 다른 방향으로 흘러가지 않도록 조심해야 하다.

4) 결론 쓰기

결론은 자신이 하고자 했던 전체적 이야기들을 정리하고 요약하며 주제를 다시 한번 제시하는 부분이다.

결론을 작성하는 방법 또한 여러 가지 있다. 앞서 말했듯이 전체를 요약하고 주제를 다시 제시할 수도 있고, 독자의 공감을 불러일으키는 문장으로 마무리할 수도 있다. 혹은 자신의 경험에 대한 반성, 여운을 주면서 마무리할 수도 있다.

결론은 글을 끝내는 부분이므로 쓸 데없이 말을 늘여 길게 쓰지 않도록 한다. 그리고 마지막에 감정을 폭발시키거나 혹은 너무나 소략하여 쓰지 말아야 하며, 지나치게 교조적이지도 않아야 한다.

5) 퇴고하기

언제나 글은 퇴고가 필요하다. 내가 쓴 이야기의 전체적 구조가 자연스러운지, 전하고자 하는 이야기가 잘 전달되고 있는지, 단락의 구분이 제대로 되었는지, 문장의 흐름이 어색하지 않은지, 문법과 맞춤법은 잘 맞는지 이런 확인 작업들을 퇴고작업에서 거친다.

퇴고작업은 큰 부분에서 작은 부분으로 나아간다. 즉, 전체적인 흐름을 보고 메시지를 잘 전달하고 있는지 확인한 후, 단락별로 다시 확인하고, 그 다음으로 문장, 단어, 맞춤법 등 작은 부분으로 나아간다. 작은 부분부터 시작할 경우 큰 부분에서 삭제되거나 다시 수정되어야할 경우들이 생길 수도 있기 때문이다.

퇴고가 끝났다면 자신의 에세이가 한편 완성된 것이다.

|학|습|활|동|

1 에세이의 주제를 찾아보자.

2 에세이의 소재를 찾아보자.

3 강렬한 서론을 써보자.

Chapter 4

대학생의 글쓰기

과제

1. 과제의 형식

1) 파일 형식

기본적으로 대학교 과제 제출은 MS Word (.doc,.docx), 한컴한글 (.hwp) 파일로 제출한다.

수기로 사진(.jpeg, .png등)이나 텍스트파일(.txt)로는 제출하지 않는다. 또한 메일 제출의 경우 메일 본문, 사이트 제출의 경우 사이트 본문에 작성하지 않도록 한다. 과제는 문서 파일로 저장하여 첨부하는 것이 기본이다.

나쁜 예시

```
*제목 없음 - Windows 메모장                           —   □   ×
파일(F) 편집(E) 서식(O) 보기(V) 도움말(H)
이번 저의 글 주제는 리그오브레전드라는 게임 등급에 대해서 이야기해보려고 합니다.

저가 리그오브레전드라는 게임을 시작한 계기는 초등학교 6학년때 친구들의 추천으로 게임을 시작
하게 됩니다.

게임을 점차 하다가 리그오브레전드라는 게임 안에 상대방과 결투를 해서 이기면 게임 등급을 올릴
수 있는 시스템을 알게되고 그때부터 저의 아이디 등급을 올리기 위해 리그오브레전드라는 게임을
열심히 하기 시작합니다.

리그오브레전드라는 게임에는 브론즈 실버 골드 플래티넘 다이아 마스터 그랜드마스터 챌린저 이렇
게 등급이 나뉘어져 있습니다. 저는 최소 플래티넘에 가기위해 열심히 게임을 하기 시작합니다.

그러한 노력으로 인하여 플래티넘등급에 도달하였습니다.

저는 앞으로 더 노력하여서 플래티넘보다 더 높은 등급인 다이아몬드 등급을 가기 위해서 더 노력할
겁니다.
```

기본 세팅_한글

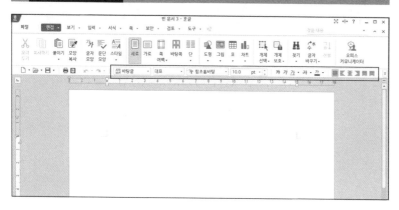

기본 세팅_MS WORD

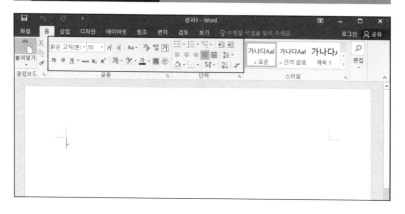

2) 내용 구성

가장 첫줄에는 왼쪽 정렬로 과목명과 과제명을 적도록 한다. 그리고 한 줄 띄우고 중간정렬로 제목을 쓴다. 제목의 경우 최대한 창의적이고 내용이 잘 요약되도록 쓴다. 그리고 다음 줄에 부제를 사용하기도 한다. 그리고 다시 한 줄을 띄우고 오른쪽 정렬로 자신의 학번과 이름을 쓴

후, 한 줄을 띄우고 내용을 시작한다. 첫 줄 시작은 두 칸을 띄우고 시작한다. 이를 들여쓰기라고 한다. 문단이 바뀔 때마다 들여쓰기를 해준다.

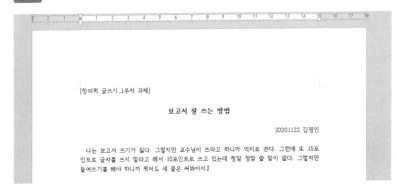

[창의적 글쓰기_1주차 과제]

보고서 잘 쓰는 방법

20201122 김정인

　나는 보고서 쓰기가 싫다. 그렇지만 교수님이 쓰라고 하니까 억지로 쓴다. 그런데 또 15포인트로 글자를 쓰지 말라고 해서 10포인트로 쓰고 있는데 정말 정말 쓸 말이 없다. 그렇지만 들여쓰기를 해야 하니까 적어도 세 줄은 써봐야지.

대부분 책제목에는 『 』(겹낫표), 《 》(겹화살괄호) 부호를 사용한다. 책 속의 제목이나 단편집 중의 단편의 경우에는 「 」(홑낫표) 〈 〉(홑화살괄호)를 사용한다, 영화 제목의 경우에도 「 」, 〈 〉를 사용한다. 주로 제목 다음에 출판년도나 개봉년도를 괄호 안에 써야 한다.

인용의 경우 들여쓰기를 하고 글씨 크기를 줄여 본문과 차이를 둔다. 인용을 할 경우에는 각주를 달아 책 정보를 표기한다. 책 정보를 표기하는 방법은 다음과 같다.

작가명, (번역자명), 『책제목』, 출판사, 출판년도, (인용)쪽수.

예시

「염소를 모는 여자」에서 미소는 갑자기 집에 들이닥친 박쥐 우산을 쓴 청년을 마주하게 된다. 사르트르에 따르면, 타자는 시선과 응시에 의해 의미를 가지게 되는데[29] 박쥐 우산을 쓴 청년의 방문은 미소의 삶에서 늘 배경처럼 존재하던 청년을 타자로서 기능하게 만든다.

"난, 염소를 좋아하지만 염소보다 당신을 더 좋아해요."
청년의 다른 손이 나의 손 위에 천천히 올라왔다.
"우리 집 창문으로 당신이 보이지요. 나는 당신을 자주 보았어요. 당신은 그냥 싫지요. 집에서는 멍하니 앉아 있고요. 늘 혼자서 다녀요. 다른 사람과 어울리지 않고 화장도 하지 않고 예쁜 옷도 입지 않고 웃지도 않고 집 안을 꾸미지도 않았고요. 당신 염소처럼 당신은 절망해 있어요. 왜 당신은 자신을 한없이 이완시킨 채 시간을 흘려 보내고만 있나요?"
청년은 나의 정체를 꿰뚫어 보고 있었다.[30]

밑바닥에서 웅어리진 서러움이 현기증처럼 치받쳐 올라왔다.
"당신은 아름다워요. 정말이에요. 난 아름다운 것을 구별힐 줄 알거든요. 아름다운 것은 형태가 아니라 본질에 관한 말이지요."[31]

박쥐우산을 쓴 청년은 미소의 일상을 바라봐준 유일한 존재다. 그는 미소의 절망을 알아주

---

29) Jean-Paul Sartre, 박정태 역, 『실존주의는 휴머니즘이다』, 이학사, 2008, 36쪽.
30) 전경린, 앞의 책, 1996, 56쪽.
31) 위의 책, 57쪽.

이메일

1. 이메일 글쓰기

1) 이메일 글쓰기의 목적

이메일 글쓰기의 목적은 세 가지로 나눠볼 수 있다. 특정한 내용에 대한 정보를 전달하기 위한 정보 전달 목적과 상대의 결정에 영향을 미치고자 하는 설득적 목적, 그리고 상대와 좋은 관계를 유지하기 위한 사교적 목적이다.

(1) 정보 전달의 목적

내가 가지고 있는 정보를 상대방에게 전달할 목적으로 쓰는 이메일이다. 질의 응답 및 자료 전달, 업무 진행 상황 보고 등이 있다.

정보 전달은 목적하는 바가 한눈에 볼 수 있도록 간결하게 쓰여야 한다. 사실 위주의 핵심내용만을 쓰도록 하는 것이 중요하다.

(2) 설득의 목적

상대의 의견에 영향을 주고자 하며, 내가 가진 의견을 바탕으로 상대방을 설득하고자 할 때 쓰는 이메일이다. 미팅을 제안하거나, 상품을 판매하는 등 상대에게 어떠한 행동을 요청하는 경우에 많이 쓰인다.

설득이라는 목적에 맞게 상대방이 나의 의도를 파악할 수 있게 정확하며 매력적이고 신뢰감을 줄 수 있도록 써야 한다. 그러므로 타당한 근거와 논리성이 중요한 핵심이 된다.

(3) 친목의 목적

상대와의 관계를 도모하기 위해 쓰는 이메일이다. 상대방의 안부를 묻거나, 만남에 대한 소감 등을 다룬다.

친목을 목적으로 하는 메일은 감사나 축하의 메시지를 전하는 일이 많다. 진솔하게 마음을 표현하며 축하 이유를 명확히 밝힌다. 또한 상대방과의 관계에 따라 특별한 형식없이 이메일을 쓸 수도 있다. 그러나 글자로 전달되는 것임으로 비속어에는 주의하도록 한다.

2) 대학에서의 이메일 쓰기

대학에서의 이메일은 교수에게 이의 및 문의를 할 수 있는 소통의 통로다. 직접 대면이 어려운 경우나 말로 표현하기 어려운 경우, 이메일로 문의하는 것이 가장 정확하고 편리하다. 무턱대고 전화를 걸거나 문자를 보내는 것은 상대에 따라 무례하게 비칠 수 있다. 꼭 전화통화가 필요한 경우에는 미리 먼저 문자로 상대방이 통화를 할 수 있는 상황인지 물어보는 것이 중요하다. 특히 카카오톡은 사적인 메신저이기 때문에 카카오톡을 보내지는 않도록 주의하자. 이메일 역시 예의를 지키지 않는다면 무례하게 보일 수 있다.

(1) 이메일 제목

많은 경우에 학생들이 이메일 제목을 신경쓰지 않고 보내곤 한다. 기억해야 할 것은 상대방은 당신을 모르고 있을 가능성이 크다. 따라서 내가 그냥 메일을 보낸다고 한다면 스팸메일과 구별이 되지 않을 수 있다. 또한 수신자가 개인 계정을 사용할 경우, 수업에 관련된 문의 외에도 다양한 메일을 받는다. 내 메일이 수업과 관련되어 있고, 어떤 내용인지 알 수 없으면 제 시간 안에 읽혀지지 않거나 휴지통으로 들어갈 확률이 높다. 따라서 '제목없음' 혹은 '교수님~'과 같이 보낸 이가 특정해지지 않거나 내용을 알 수 없는 제목으로 이메일을 보내서는 안된다. 이메일 제목은 듣고 있는 수업명과 본인의 분반을 명시하고, 메일을 보내게 된 이유를 간단하게 함께 적도록 한다.

좋은 예시

- [SNS글쓰기 / 분반1] 과제 관련 질문 드립니다.

안 좋은 예시

- 제목 없음
- 파일명.hwp
- *주차 과제를 혼동해서 잘못 보냈습니다. 지금이라도 보내도 될까요?
- 교수님~
- 질문
- 질문 있습니다!!!!!!

(2) 이메일 서두

이메일 역시 대화의 한 방법이다. 따라서 이메일은 간단한 인사말로 시작하는 것이 좋다. 상대방은 보내는 나에 대해서 모를 확률이 크기 때문에 내가 누구인지 파악할 수 있도록 자신에 대한 간단한 정보를 제공하는 것이 바람직하다.

달랑 이름만 적는 경우, 동명이인이 있을 수도 있을 뿐만 아니라 수신자가 이름만으로 모든 학생의 과목과 분반을 기억할 경우는 거의 없기 때문에 다시 한 번 메일을 주고 받아야 하는 등 일처리가 복잡해지게 된다.

또한 과목과 분반을 명시하면 상대방의 입장에서 해당 과목에 따라 더 빠른 처리가 가능하므로 일이 수월해진다. 분반이 따로 명시되지 않은 경우는 여러 분반을 다 찾아서 처리해야하므로 조금 더 시간이 걸리고 귀찮게 된다. 따라서 자신의 수업명과 분반을 다시 한 번 명시하며 이야기를 시작하도록 하자.

안 좋은 예시

- 교수님, 저 김**인데요. (X)
- 교수님, 안녕하세요. 수업 과제가 뭔가요?

좋은 예시

- *** 교수님, 안녕하세요?
저는 창의적 글쓰기 과목 1분반의 1학년 김**입니다.

(3) 이메일 내용

이런 이메일의 경우, 용건을 간략하게 요약해서 보내는 것이 좋다. 말을 길게 늘여 쓰지 않고, 문장을 짧고 간결하게 끊어 써서 읽기 편하게 보낸다. 자신이 처한 문제 상황에 대해 설명하고 거기에 대해서 자신이 원하는 해결방안을 제시한다. 그러면 상대방이 그 해결방안에 동의하거나 또 다른 방안을 제시하게 될 것이다. 그러면 일처리가 간단해 질 수 있다.

- 교수님, 이번 주 과제 제출 못 했는데, 어떡하죠??
- 교수님, 발표 조를 못 짰는데 어떻게 해야 할까요?
- 과제 하기 싫어요 (??)

좋은 예시

- 교수님, 제가 가족 경조사로 인해 4주차 과제를 기한 내에 제출하지 못했습니다. 혹시 지금이라도 따로 제출할 수 있을지 여쭤보려고 메일 드렸습니다.
- 교수님, 이번 수업의 발표 조 편성 과정에서 5명씩 조를 편성하다 보니 3명이 남아 조를 짜지 못했습니다. 누락된 학생은 김**, 최**, 황**입니다. 이 학생들이 3명이서 조를 짜면 될지 혹은 다른 조에 한 명씩 들어가면 될지 여쭤보려고 메일드렸습니다.
- 교수님, 4주차의 **과제는 4주까지 배운 내용을 바탕으로 할 때, 작성하기 어려운 과제라고 생각합니다. 저는 ***한 부분에서 이해가 잘 가지 않았고, 그것에 대한 추가 설명을 해주실 수 있으신지 여쭤보려고 메일 드렸습니다.

(4) 이메일 맺음말

이메일의 끝맺음은 '감사합니다'로 마치면 된다. 그러나 이메일의 경우 타 메신저에 비해 송수신의 시간이 오래 소요될 수 있기 때문에 급한 경우 혹은 통화가 필요할 때를 대비해 전화통화가 가능하도록 연락처를 남기는 것이 좋다. 또한 정확한 처리를 위해 학번을 함께 남기는 것이 필요하다.

좋은 예시

김** (패션디자인학과) 1학년

학번 202032990

010-1234-5566

kimhaksaeng@never.com

(5) 이메일 전체 예시

좋은 예시

[제목] [창의적 글쓰기1/분반1] 수업 관련하여 문의 드립니다.

*** 교수님, 안녕하세요?
저는 SNS글쓰기 과목 1분반의1학년 김**입니다.
발표 조 편성에서 누락자가 생겨 문의드립니다.

이번 수업의 발표 조 편성 과정에서 5명씩 조를 편성하다 보니 3명이 남아 조를 짜지 못했습니다. 누락된 학생은 김**, 최**, 황**입니다. 이 학생들이 3명이 조를 짜면 될지 혹은 다른 조에 한 명씩 들어가면 될지 여쭤보려고 메일 드렸습니다.

감사합니다.

김** (패션디자인학과) 1학년
학번 202032990
010-1234-5566
kimhaksaeng@never.com

---

3) 직장에서의 이메일 쓰기

직장에서도 이메일의 사용이 많다. 요즘은 사내 메신저를 많이 쓰기도 하지만, 여전히 공적인 것들은 이메일로 전달된다. 회사내의 이메일은 업무의 연장선이며 업무 문서라고 생각해야 한다. 사적으로 사용하거나 다른 직원들에게 호의, 혹은 반감, 불평 등을 드러내지 않는다.

이메일 내용은 되도록 길지 않게 쓰고 긴 내용이 있을 경우에는 첨부 파일을 활용한다. 가장 기본적으로 수신인과 참조인을 잘 나눠야 하며, 비밀참조를 통하여 타인의 이메일을 노출하지 않도록 한다.

| 학 | 습 | 활 | 동 |

1 오랫동안 만나지 못했던 친구에게 메일을 써보자.

2 수업시간에 과제를 제출하지 못했다고 가정하고, 담당 교수님께 보낼 이메일 한 편을 작성해보자.

자기소개서

1. 자기소개서 쓰기

1) 자기소개서란

이력서가 개인을 개괄적으로 수치화한 자료라고 한다면 자기소개서는 개인을 조금 더 깊이 있게 이해할 수 있는 서술형 자료다. 자기소개서를 통해서 이력 뿐만 아니라 문장을 어떻게 쓰는지, 또는 이야기를 어떻게 구성하고 표현하는 지까지 알 수가 있다. 우리는 이를 통해 자신이 지원하고자 하는 회사에 적합한 인재라는 것을 보여주어야 한다.

가장 중요한 것은 자기소개서는 뽑히기 위해서 쓰는 글이라는 점이다. 기존의 다른 글들이 자신을 표현하기 위해서 쓰는 것과 달리 자기소개서는 철저히 읽는 사람의 마음에 들기 위해 쓰는 글이다. 따라서 자기소개서에서 가장 중요한 것은 읽는 사람의 취향을 잘 알아야 한다.

먼저 자기소개서는 회사에 취직하기 위해 쓰는 글이라는 것은 명심해야 한다. 회사가 나를 뽑는 것이지, 내가 회사를 뽑는 것이 아니다. 그렇기 때문에 회사가 나의 발전에 도움이 되기 때문에 이 회사를 선택했다고 말하는 것은 도움이 되지 않는다. 대신에 우리는 자신이 인재이므로 회사의 발전에 도움이 될 것이라고 이야기해야 한다. 혹은 자신이 회사와 함께 발전할 것임을 이야기한다.

2) 자기소개서의 필수조건

(1) 회사가 나를 뽑아야할 이유

내가 회사에 취직해야 하는 이유는 무엇일까? 우리는 자소서에서 지원동기 부분에서 이 질문을 맞닥뜨린다. 분명 지원동기에서는 조금 더 구체적으로 잘 포장하여 써야겠지만, 가장 중요한 것은 입사를 하기 위한 것이다. 그렇다면 회사가 나를 선발해야 할 이유에 대해 생각해 보았는가? 회사가 나를 구성원으로 선택하는 이유는 이유 역시 이윤을 창출하는 것, 즉 회사에 이바지할 수 있을 것으로 예상되기 때문이다. 그렇다면 내가 어필해야할 지점은 바로 내가 회사에 이윤을 가져다줄 수 있는 사람이라는 것이다.

그렇다면 내가 회사에 이윤을 가져다 줄 수 있는 사람이라는 것은 어떻게 증명할 수 있을까? 바로 업무에 있어 유능함을 어필해야 한다. 관련 직무에 대한 경험을 어필하거나 직무 관련 장점을 어필한다. 내 직무와 관련없는 경험이나 장점은 굳이 쓸 필요는 없다. 이는 내가 일을 잘한다는 것을 증명해주지 않는다. 따라서 내가 관련 업무를 잘 한다는 것을 증명해줄 경험과 장점들을 골라 쓴다. 자기소개서를 준비 할 때 자기소개서 한 장으로 여러 곳에 제출하는 경우를 자주 본다. 그러나 그렇게 되면 직무에 적합한 내 능력을 표현하기보다는 일반적인 수준으로 작성하기 때문에 구체적이지 못하게 된다.

(2) 내 경험 작성하기

내 경험을 작성할 때 가장 중요한 점은 상황설명을 하기보다는 내가 무엇을 했는지가 가장 중요하다. 내가 하고 싶은 말을 아무 말이나 늘어 놓으면 안 된다. 대부분의 경우 자신의 경험이 부족하다고 생각한 다. 혹은 다양한 경험, 능력, 자격증이 있음에도 이를 잘 활용하지 못한 다. 이는 자신이 지원한 분야와 자신의 경험을 잘 연결시키지 못해서 생기는 일이다.

충분히 자신을 객관화하고, 회사의 요구사항을 이해하며 자신의 직 무가 무엇이고 고객이 누구인지 등 확실하게 많은 정보를 가지고 있어 야 자기소개서가 수월하게 쓰인다. 내 경험이 부족한 게 아니라 내가 그 회사와 직무에 대한 정보가 부족한 것이다.

3) 자기소개서 주의점

성장배경, 성격의 장·단점, 지원동기 모두 업무 능력과 관련시킬 수 있어야 한다. 그러나 모두 한 가지 테마로 이어 쓰는 것은 좋지 않다. 읽는 사람은 그것을 보고 이것밖에 내세울 게 없는 사람이라고 생각하기 쉽다.

(1) 성장배경

주로 성장배경을 서술하라고 하면 자신의 일대기를 서술한다. 태어나서 어디에서 살았고, 등등의 정보를 나열한다. 하지만 생각해보라. 입사 관계자들이 이런 정보를 궁금해 할까? 그게 궁금해서 성장배경을 물어보는 걸까? 아마도 아닐 것이다. 성장배경은 일대기를 서술하는 것이 아니라 내가 어떤 배경에서 자라나서 어떤 성격과 가치관을 갖고 있느냐를 보는 것이다. 반드시 업무수행과 연결지어서 서술해야 한다.

성장배경

- 독특한 가정 분위기
- 부모님의 교육방침
- 전공에 맞는 본성을 어릴 적부터 표출했던 예화
- 부모님의 직업정신으로부터 배운 점

또한 성장배경은 20세 이전을 말한다. 따라서 군대시절의 이야기나 대학생활에 대해 이야기를 쓰지 않도록 한다. 성장배경도 내 직무와 연관되어 있으면 좋겠지만, 억지로 직무와 연관시키지 않아도 된다.

직무와 연관이 없다면 그 대신 직무를 수행하는 직무능력과 연관이 있어야 한다. 그조차도 어려울 경우에는 회사생활을 하는 사회적 능력, 공동체 정신 등에 초점을 맞추도록 한다.

예시
- 어렸을 때부터 코딩에 관심이 있었다. (일 자체)
- 어렸을 때부터 무언가를 직조하는 것에 뛰어났다. (일을 수행하는 필수 능력)

성장배경 예시1

저는 초등학생 때부터 다양한 기계 장치나 전자제품의 구조에 관심이 있었고 분해와 조립을 반복했습니다. 중학생이 된 어느 날 저는 고장난 핸드폰을 고치기 위해직접 핸드폰의 분해를 시작했고 그 과정에 손을 크게 다치고 말았습니다. 부모님에게 혼이 나고 상처난 손은 쓰라렸지만 저는 핸드폰이 고장난 원인을 반드시 알아내고 저의 손으로 고치고 싶었기 때문에 몇 번이고 몰래 공구통에있는 작은 소형드라이버 하나와 커터칼하나로 다친 손의 아픔을 참아가며 핸드폰을 분해했고 고장난 원인을 알고 고치는데 성공했습니다.
핸드폰의 구조와 분해법을 기억하면서 몇 번의 시도 끝에 핸드폰을 스스로의 힘으로 고친 그때의 기억은 지금도 잊지 못합니다. 지금 실패하더라도 다시 도전하면 학습하고 발전하여 언젠가 반드시 성공할 수 있다는 교훈을 얻은 날이었습니다.

⇨ 어렸을 적 경험을 통해 일에 대한 자신의 가치관을 드러낸다.

성장배경 예시2

해외의 슈퍼마켓을 경험하다
20**년에 미국 뉴욕에서, 20**년에는 프랑스 파리에 체류하면서 국외의 슈퍼마켓을 살펴볼 기회가 있었습니다. 두 국가에서 모두 자취생활을 했기에 식

료품부터 생활잡화까지 판매하는 슈퍼마켓은 가장 시간을 많이 보내는 장소 중 하나였습니다. 특히 프랑스에서는 C마켓, P샵, M마트 등 이름있는 슈퍼마켓 브랜드들을 두루 비교할 수 있었고, 지원하고자하는 L슈퍼와 같은 국내 슈퍼마켓과는 어떤 차이가 있는지 눈으로 확인할 수 있는 기회였습니다. 개인적으로 고객서비스 부분은 국내기업이 월등히 우수하나, PB상품의 비율이나 인지도의 경우 L슈퍼가 비교적 개선할 부분이 있다고 느꼈고 이러한 부분이 영업관리 사원으로서 큰 자산이 될 것이라고 생각합니다.

⇨ 다양한 해외경험을 강조함과 동시에 자신의 직무능력을 드러낸다.

(2) 성격의 장·단점

성격의 장·단점에는 꼭 장점과 단점을 함께 기술한다. 장점만 적거나 단점만 적는 경우가 많다. 장·단점을 적을 때에는 지원 분야에 도움이 될 수 있는 점을 강조하며 지나친 자화자찬은 해서는 안 된다. 또한 단점 역시 너무 극단적인 것을 써서 불이익을 보게 되지 않도록 한다. 단점을 쓸 때에는 꼭 보완 방법과 함께 제시한다.

성격의 장·단점은 기본적으로 업무능력과 연관되어야 한다. 따라서 먼저 내 장·단점을 여러 가지 생각해보고 업무 능력과 연관된 장·단점을 고른다. 장점이라고 해서 많으면 좋은 게 아니다. 하나만 선택하여 설명한다. 이것 저것 나열하는 것은 좋지 않다.

성격의 장·단점

예시와 장점을 잘 연결해야 한다.
 - 잠에 쉽게 못 든다. → 일과 상관없음. 회사는 궁금하지 않음
 - 윷놀이를 잘 한다. → 일과 상관없음… 회사는 궁금하지 않음
 - 혼자서 일을 잘 한다. → 협력하는 업무에서는 장점이 아님.
 - 낯을 가린다. → 협력 업무에서는 큰 단점

저의 장점은 고객을 잘 관찰하고 전략을 잘 세우는 것입니다. 스무 살 때부터 서빙과 편의점 캐셔 및 고객 응대 등 다양한 아르바이트를 했고, 그것들을 통해 고객 파악과 전략 구축하는 법들을 배웠습니다. 고객의 니즈를 파악하고, 그에 맞는 상품들을 찾는 능력들은 회사업무에서도 많은 도움이 될 것입니다. 저의 단점은 집착이 강하다는 것입니다. 작은 일에도 확신이 들어야 다음 일처리로 넘어가는 경우가 많습니다. 그러다보니 일처리가 느린 적이 많았는데, 이를 극복하기 위해 일의 우선순위를 파악하고 자체적인 마감일을 정해서 일을 처리하는 습관을 길렀습니다.

⇨ 단점이 일에서는 장점으로 여겨질 수 있다. 또한 단점이 가지고 오는 문제점을 잘 파악하여 이미 고쳤기 때문에 단점이 오히려 좋은 효과를 줄 수 있다.

저는 조직과 업무에 대한 책임감이 강합니다. 해병대에 자원 입대해 포항에서 군복무를 하던 중 전역을 8개월 앞두고 대대의 일부가 연평도로 차출되었습니다. 당시 차출된 저계급자들을통제하고 훈련을 함께할 상병이 필요했지만, 누구도 선뜻 지금까지의 평판을 내던지고 험지로가려 하지 않았습니다. 그 때 저는 사병 중 상급자로서, 상관의 하급자로서 그리고 부대의 일원으로서 누군가가 짊어질 짐을 방관하고 있을 수 없었습니다. 이에 제가 자원했고, 남은 8개월간 연평도에서 성공적인 부대원들의 적응에 기여했습니다. 저는 가장 친했던 선후임과 헤어져야 했지만 후회하지 않았습니다. 조직이 원하는 변화에 발맞추고 그 희생을 분담하는 책임감이야말로 예비 공공기관 종사자로서 갖추어야 할 덕목이자, 조직이 성공하는 데 필요한 조건이라고 생각하기 때문입니다.

⇨ 회사의 성향에 맞춰 글을 썼다. 중견 기업이나 공공기관과 스타트업의 느낌이 다르다. 위의 예시는 중견 기업이나 공공기관 같이 위계서열이 확실한 문화를 가진 회사용이다. 만약 개인의 워라밸(work-life balance)이나 개인의 자유 등을 중시하는 회사와는 잘 어울리지 않을 것이다.

(3) 학창시절

학창시절을 쓸 때에는 핵심을 간단하게 쓰도록 한다. 내가 지원 분야에 적합한 이유를 제시한다. 나의 이야기를 쓰는 것에 중점을 두어야 한다. 학창 시절 다른 반 누구의 이야기는 나와는 관련이 없으므로 그 사람의 이야기가 아닌 '나'의 이야기를 쓰도록 하자. 그 중에서 어려움을 딛고 피나는 노력 끝에 성공을 쟁취하는 이야기 등이 효과적이다. 또한 결과보다는 해나가는 과정이 중요하다. 학창시절도 마찬가지로 이것 저것 나열하지 말고 한 가지 주제를 삼아서 에피소드 형식으로 설명해 나가도록 한다.

학창시절 예시

교내 생활공동체의 여러 활동 중에 '10만원 프로젝트'라는것이 있습니다. 시작금 10만원을 가지고 좋은 취지에 사용하는 것인데, 제가 팀장이던 당시 심야호떡장사로 수익을 내서 지역복지센터를 돕기로 결정하였습니다. 기숙사 통금시간, 늦가을 날씨에 맞춰 도서관-기숙사 길목에서 밤 10시경에 호떡을 만들어 판매한 것으로 각자의 역량을 빠르게 캐치하여 유동적으로 업무분담을 하였고, 형평성과 개인시간을 고려하여 타임테이블을 구성하였습니다. 결과적으로 학우들 사이에 좋은 평판을 얻으며 3일간 70만원이라는 큰 수익을 올리며 좋은 성과를 거두었습니다.

⇨ 자신이 어떤 행동을 통해서 어떤 결과를 이루었는지가 잘 나타나 있다.

(4) 지원동기

지원동기는 자기소개서의 가장 중요한 부분 중의 하나다. 자기소개서 모든 문항이 다 중요하겠지만 특히 지원동기는 내가 왜 이 회사에 입사해야 하는가와 밀접한 관련이 있다. 따라서 내가 이 곳에 필요한 인재임을 잘 어필해야 한다. 지원동기를 쓸 때 많은 사람들이 실수를 하는 부분이 바로 내가 이 회사를 왜 선택했냐를 쓰는 것이다. 내가 이 회사를 선택한 이유보다 회사가 왜 나를 선택해야하는지에 더 초점을 두고 써야 한다. 회사를 칭찬하기 위해서 있는 부분이 아니라 내가 왜 입사해야 하는지 어필하기 위해서 있는 공간이다.

지원동기 예시1

H의 성장에 기여하는 것이 가장 잘 할 수 있는 일이라고 믿어 지원했습니다. 해운 물류 사업은 수송, 보관, 포장, 하역 등 전 과정에서 '소통과 협력'이 필요한 사업이고, 그 중 홍보팀은**프로젝트 등 다양한 홍보를 시도한다는 점에서 '도전정신'을 필요로 합니다. 저는 제가 이 두가지의 역량을 갖췄기에 H회사의 홍보팀에 가장 잘 기여할 수 있다고 믿습니다.

⇨ 자신의 직무를 잘 파악하고 거기에 필요한 능력치를 잘 말했다. 하지만 자신이 잘 기여할 수 있다는 것에 대한 근거가 부족하다. 경험을 예시로 들어 자신의 말에 신뢰감을 주어야 한다.

지원동기 예시2

기획전 진행은 물량 확보와 가격경쟁력이 가장 중요하다고 생각합니다. 이를 위해서는 물량을 공급하는 협력 업체와의 유기적인 관계를 유지하기 위한 커뮤니케이션 능력이 가장 중요하며 이는 제가 가장 잘 하는 일이라고 생각하여 지원하였습니다.
W사에서 기획전을 진행할 때, 협력 업체와 협의하여 특가로 물품을 납품 받았습니다. 조기 품절 상품을 대비하여 주력 노출 예정 상품들을 리스트업 해놓고, 업체에서 물품을 확보하였기 때문에 행사 기간 중 품절 상품을 차기 주력 상품으로 빠르게 교체할 수 있었습니다. 그 결과 전년 동월 대비 수주금액 216%라는 최대 목표 매출을 달성하였습니다.
이처럼 협력 업체와의 원활한 커뮤니케이션을 통해 인기 상품의 물량과 판매 가격의 경쟁성을 확보하고, 타 사이트 보다 먼저 B사(들어갈 회사)의 고객에게 상품을 선보여 B사의 매출 상승에 이바지하고 싶습니다.

⇨ 자신의 경험을 통해 직무 능력을 이야기한다. 그러나 문장이 길어 읽기 힘들다. 조금 더 간략하고 명료하게 썼다면 읽는 이가 덜 피로했을 것이다.

(5) 입사후 포부

입사 후 포부는 가장 쓰기 어려운 부분 중에 하나다. 우리가 직무에 대한 이해도가 높지 않기 때문에 구체적인 미래를 상상할 수 없다. 입사후 포부는 구체적인 미래와 그에 대한 계획을 제시해야 한다. 그러나 우리는 '제 한 몸 불사지르겠습니다'와 같은 허황된 문장을 사용하기도 한다. 이렇게 신뢰도가 떨어지는 말 대신 3년, 5년, 10년 후 계획과 같이 조금 더 구체적인 진술을 하는 것이 유익하다.

입사후 포부 예시

스포츠 브랜드 매출 1위로
10년 후 목표는 D 브랜드를 스포츠 브랜드 매출 1위로 만드는 것 입니다. 이를 위해 입사 후 3년 동안 자사 브랜드와 경쟁 브랜드의 판매데이터를 꼼꼼하게 비교 분석하여 고객층의 동향을 파악함으로써 차기 시즌에 전개할 상품의 방향과 물량을 설정하고 차별화 가능한 목표와 계획을 수립하여 판매율을 상승시키겠습니다.
입사 5년차에는매출이 부진한 입점 몰들의 매출을 극대화 하기 위해 "D브랜드 xM사"와같은 입점 몰 콜라보레이션 상품을 통하여 입점 몰들의 매출을 표준화하고 화제가 되는 스포츠 상품을 발굴함으로써 신수요를창출하겠습니다.
입사 10년차에는, 그동안 카테고리와 브랜드 프로세스에 대한 이해를 바탕으로 기획부터 생산까지 협력업체와 협의해 단독 브랜드를 론칭한후 히트상품을 만들어 내겠습니다. 여기에 신규 입점 몰을 증대하여 브랜드의 노출 점유율을 높여 스포츠 시장을 선도하는 D브랜드의 행보에 기여하겠습니다.

⇨ 입사 3년, 5년, 10년 후의 계획을 구체적으로 나누어 자신이 할 일에 대한 자세한 계획을 서술하였다.

(6) 그 외

① 피동형을 되도록 쓰지 않는다.

- 생각 되어, 생각됩니다, 하게 되어,

- 주변 친구들에게서 기피되기 시작했습니다.

② 같은 말을 여러 번 쓰지 않는다.

- 여러 부류의 사람을 만나고 접객해야 하는 → '만나고'와 '접객하다'는 같은 의미

- 적극적으로 나서지 못하는 소극적인 성격 → 적극적이지 않음 = 소극적

- 자유분방한 것과 틀에 박힌 것보다 새로운 것 → 자유분방 = 틀에 박히지 않음

③ 공백 포함하여 세기

- 공백까지 포함해서 글자수를 센다.

- 400자라고 한다면 400자 밑으로.

- 400자로 주어진다면 401(X), 399(O)

|학|습|활|동|

1 지원할 회사를 선택하고 자신의 지원동기를 써보자.

2 자신의 성장 배경을 써보자.

3 자신이 지닌 성격의 장·단점을 써보자.

4 학창시절에 대해 써보자.

5 입사후 포부에 대해 써보자.

Chapter **5**

영상적 글쓰기

카드 뉴스

1. 카드뉴스란?

카드뉴스는 이미지를 중심으로 사용하여 가독성을 높인 뉴스 포맷 중 하나다. 이미지에 간단한 텍스트를 첨부하는 형태로 SNS에서 많이 활용되고 있다. 이는 글 읽기를 싫어하고 빠른 정보 습득을 원하는 요즘 시대적 요구에 맞춰 나타난 결과물로 이전의 텍스트 중심 뉴스들과 다른 모양이다. 또한, 이러한 형식은 뉴스뿐만 아니라 다양한 형태로 SNS에서 소비되고 있고, 그 모든 것들을 카드뉴스라 통칭한다.

2. 카드뉴스의 종류

카드뉴스는 크게 정보형, 스토리형, 웹툰형으로 나눌 수 있다. 어떤 정보와 어떤 메시지를 전하냐에 따라서 구성방식과 작성하는 카드뉴스의 종류가 달라진다.

1) 정보형

각종 정보를 요약해서 보여주는 유형이다. 맛집, 여행지, 명언 등 여러 가지 정보를 한 군데에 모아서 보여준다. 타겟층이 관심을 가질 만한 정보를 찾는 것이 관건이다. 정보만 찾으면 나열하면 되기 때문에 만들기는 쉬운 편이다.

2) 스토리형

이야기를 통해 내용을 전달하는 방식이다. 자신이 원하는 메시지를 담아서 이야기로 구성해야하기 때문에 시간이 걸리고 만들기가 어렵다.

그렇지만 타겟층의 공감과 관심을 불러일으키기가 쉽다.

3) 웹툰형

단편웹툰처럼 카드뉴스를 제작하는 형태다. 그림과 스토리가 함께 나오는 형태로 일반인들이 시도하기에 쉽지 않다. 그러나 한번에 관심을 불러일으키기가 좋고, 매니아층을 만들기에 좋다.

3. 카드뉴스 만들기

1) 목표 잡기

카드뉴스의 가장 기본적인 단계다. 내가 어떤 목표를 가지고 있는지를 인지해야 가장 중요한 타겟 설정을 할 수 있다. 내가 카드 뉴스로 이루려는 목표를 잡고, 그 목표를 이루기 위해 어떤 사람들에게 카드뉴스를 공개할 것이며, 그 사람들의 취향이 무엇인지까지 분석해야 한다. 구체적으로 타겟을 정할수록 이후 작업이 쉬워지고, 콘텐츠 완성이 높아진다. 또한 이 과정에서 인스타그램, 페이스북, 네이버 블로그 등 자신의 카드뉴스가 주로 공개될 플랫폼을 정한다.

목표를 잡을 때는 크게 두 가지 목표를 세울 수 있다. 하나는 상품을 판매하기 위해서, 하나는 브랜드를 알리기 위해서다. 둘 중에 어디에 더 무게를 두느냐에 따라 카드뉴스의 방향이 달라진다.

2) 주제 잡기

목표를 정했으면 어떤 소재를 통해 이야기를 해야 사람들이 관심을 가질지 생각해보아야 한다. 타겟층을 설정하는 게 중요한 이유가 바로 여기에 있다. 되도록 남들이 쉽게 접할 수 없는 희소성 있는 정보이거나 유용하게 쓰이는 정보, 아니면 독자들의 공감을 잘 불러 일으킬 수 있는 이야기 등을 소재로 삼는다.

그리고나서 그 소재를 통해 주제를 정한다.

3) 스토리보드 만들기

각 장마다 어울리는 이미지와 글귀를 생각하고 배치해 본다. 글귀가 너무 길지 않고, 한 눈에 들어오는 정도의 양으로 생각해서 분배해야한다. 그리고 카드뉴스의 경우 10장 정도가 사람들이 많이 보는 평균적 양이므로 되도록 10장 내에 구성하는 것이 좋다.

4) 작성하기

결론부터 써야 한다. 카드뉴스를 클릭하는 사람들은 기본적으로 짧게 요약되어 있는 것을 보고 싶어 하는 심리가 크다. 즉, 빠른 정보 습득을 원하는 사람이라는 것이다. 그런 사람들에게 맞는 글의 형식은 두괄식이다. 두괄식이란 주장하는 바를 먼저 도입 부분에서 말하는 것이다. 따라서 말하고자 하는 결론을 첫 시작부터 말해야 보는 사람들이 이탈하지 않고 카드뉴스를 더 볼 것 있다. 따라서 첫 문장이 굉장히 중요하다.

첫문장만큼 중요한 것은 제목 만들기다. "송리단길 맛집 10"보다 "송리단길 주민이 추천하는 맛집10"이 클릭수가 높다. 적절한 꾸밈어구를 통해서 좀더 클릭률이 높은 제목을 만들어 보자. 또한 요즘은 10개보다 100개 정도로 양이 많은 정보들이 유행한다고 한다. 작성 전에 꼭 유행에 맞는 형태를 잘 찾아보도록 한다.

5) 제작하기

제작에는 여러 가지 툴을 다룰 수 있다. 먼저 파워포인트나 일러스트레이터와 같은 프로그램을 이용해서 카드뉴스를 작성할 수 있다. 그리고 TYLE.IO나 망고보드를 이용해서 카드뉴스를 작성할 수 있다. 혼자서 만들기에 만들기 어려울 경우 이런 사이트를 이용하면 좋을 것이고, 어느 정도 파워포인트를 다룰 줄 아는 사람들은 그런 툴을 사용하여 제작하면 된다.

작성에서 또 중요하게 확인해야할 것은 자신이 사용하는 이미지나 글꼴이 상업적으로 써도 되는 이미지와 글꼴인지 저작권을 확인하는 것이 중요하다. 무료 이미지 사이트를 통해 이미지를 구하거나 자신이 원하는 사진을 직접 찍는 것도 좋다. 또한 무료 글꼴을 검색해도 많이 나오기 때문에 그 글꼴들 중에 자신의 카드뉴스와 맞는 글꼴을 선택해도 좋다. 다만 너무 다양한 글꼴을 사용하진 말자. 하나의 카드뉴스에 최대 2~3개 정도로만 사용하도록 한다.

6) 업로드하기

카드뉴스가 완성되었다면 자신이 원하는 플랫폼에 순서에 맞춰 잘 업로드하도록 한다.

1 자신의 근황에 대해 카드뉴스를 만들어 보자.

2 관심 있는 분야의 새로운 소식을 카드뉴스를 통해 전달해 보자.

SNS 웹툰

1. SNS 웹툰

1) SNS 웹툰이란

웹툰 플랫폼이나 웹사이트에서 연재되는 일반 웹툰과는 달리 개인 SNS 계정에 업로든 되는 웹툰을 SNS웹툰이라고 한다. 이전에는 네이버 웹툰의 도전 만화나 개인 블로그, 개인 홈페이지 등에 웹툰을 게시했다면, 지금은 페이스북, 인스타그램, 트위터 등 SNS 계정을 만들어 직접 웹툰을 올리는 형태가 많아졌다.

이와 같은 방식은 따로 네이버 웹툰, 다음 웹툰 등의 사이트에 들어가지 않아도 내 개인 SNS에서 팔로우만 하면 소식을 받아볼 수 있어서 간편한 장점이 있다. 또한 일반 웹툰과 비교하여 작업이 간소하다. 일반 웹툰은 배경 및 이펙트 효과 등 신경써야 하는 부분이 많고 50~100컷까지 많은 컷을 그려야 한다. 하지만 SNS웹툰의 경우에는 10~30컷 가량이 최대분량이며 이펙트나 배경 등을 많이 신경쓰지 않아도 된다.

SNS웹툰의 팔로우가 많아질 경우, 계정은 인플루언서 취급을 받아 여러 브랜드들에서 협찬이나 광고요청이 온다. 따라서 이로 수입을 얻는 것도 가능하다. 또한 굿즈를 판매하거나 카카오톡 이모티콘 등을 만들어 판매하는 등 여러 가지 수입 경로가 있다.

2) SNS 웹툰의 종류

(1) 플랫폼별 웹툰

가장 유명한 SNS 웹툰은 인스타툰과 페이스북툰 두 가지로 나눌 수 있다.

① 인스타툰

인스타그램에서 연재되는 웹툰이다. 주로 1:1 정사각형으로 그린다. 컷 분할이 필요없고 대부분의 경우 배경도 없다. 주로 일상을 다루는 일상툰이 많이 연재되고 유명한 웹툰작가들은 브랜드들과 협업하여 브랜드 웹툰을 그린다.

② 페이스북툰

페이스북 개인 계정보다는 페이스북 페이지에서 많이 연재된다. 정사각형 외에 직사각형의 그림도 가능하다. 컷 분할이 필요없고 이 역시 대부분의 경우 배경도 없다. 일상툰보다는 공감툰의 비율이 높다. 페이스북의 주요 유입 통로가 지인의 좋아요나 댓글을 통한 지인태그이기 때문에 공감 요소가 많을수록 게시물에 유입되는 독자의 양이 많다.

(2) 스토리별 웹툰

주로 일상을 다루는 것을 일상툰, 이야기 구조를 가진 스토리텔링 웹툰을 스토리툰, 사연을 받아서 그리는 경우 사연툰, 브랜드 홍보나 상품 홍보 등을 위한 웹툰을 브랜드툰이라고 한다.

3) 웹툰 시나리오 작성하기

(1) 아이디어 노트

그림을 그리기 전에 아이디어를 간단하게 적어두는 것이 좋다. 제목은 무엇이고, 어떤 것에 대해서 이야기할 것인지 아이디어 형태로 적어두자.

(2) 시나리오 쓰기

컷별로 시나리오를 쓴다. 대사와 행동을 시나리오 형태나 자신이 보기 좋은 형태로 쓴다. 이 작업을 텍스트콘티라고도 한다.

(3) 만화콘티 그리기

1차 스케치를 한다. 인물과 대사, 지문 등을 배치한다.

(4) 만화 그리기

1차 스케치를 바탕으로 선을 딴다. 채색을 할 수도 있다.

(5) SNS 업로드 하기

완성이 된 작품을 해시태그와 함께 업로드한다.

| 학 | 습 | 활 | 동 |

1 SNS 웹툰 아이디어 스케치를 해보자.

2 SNS 웹툰 시나리오를 써보자.

3 자신의 캐릭터를 만들어보자.

4 SNS 웹툰 만화 콘티를 그려보자.

시나리오

1. 시나리오 쓰기 준비단계

1) 준비

(1) 읽어보기

시나리오란 무엇인지 알아본다. 시나리오를 검색하여 자신의 마음에 드는 영화 시나리오를 찾아서 읽어본다. 시나리오가 어떤 형식으로 작성되는지 어떤 식으로 전개되는지 캐릭터가 어떻게 표현되는지 등을 중심으로 시나리오를 읽어본다.

(2) 아이디어 정리하기

어떤 장르의 이야기를 쓰고 싶은지 먼저 생각해본다. 그리고 이야기가 무엇에 대한 것인지, 또 어떤 사건을 어떤 주인공이 이끌어 나갈 것인지에 대해서 고민해본다.

2) 용어 익히기

시나리오를 쓰기 전에 시나리오에 쓰이는 용어들을 정리해서 알아두면 좋다.

(1) 샷(shot)

영상을 구성하는 가장 작은 단위다. 컷(cut)이라고도 불린다. 하나의 그림이라고 볼 수 있으며 모여서 씬을 구성한다.

(2) 씬(scene)

씬은 동일한 시간과 장소에서 일어나는 일련의 상황이나 사건을 나타낸다. "S#.1 장소 (시간대)"로 표시한다. S는 Scene의 앞글자, #은 넘버를 뜻한다. "S#.1"은 씬 넘버1을 말한다. 장소가 바뀌면 씬도 바뀐다. 새롭게 번호를 매기면 된다.

(3) 시퀀스(sequence)

영화에서 연속성 있는 하나의 주제로 연결되는 하나 혹은 여러 개의 씬으로 구성된 에피소드를 말한다.

(4) 지문과 대사

씬 넘버 이후 지문과 대사를 쓰면 된다. 지문은 대사를 제외한 씬에서 벌어지는 모든 상황과 행동 등을 적으며 배우가 입으로 뱉는 모든 소리는 대사로 적는다. 나레이션의 경우 캐릭터의 이름이후 "(NA)"를 표시하여 나레이션임을 표시하도록 한다.

3) 형식 익히기

시나리오는 시놉시스-트리트먼트-시나리오 순으로 작업을 한다.

(1) 로그라인

내가 하고자 하는 이야기를 한 줄로 정리해서 이야기하는 것이다.

(2) 시놉시스

줄거리라고 생각하면 쉽다. 전체적으로 굵직한 이야기를 정리한다. 문장을 잘 쓸 필요 없고, 디테일할 필요도 없다. 영화, 드라마, 소설이 다 사용하며, 영화 소개글보다 전반적인 내용을 다룬다.

(3) 트리트먼트

시놉시스에서발전된 형태이며 주로 씬별로정리한다. 씬별로 큰 사건
들을 위주로 서술한다.

#1. 영태의 집 (오전)
영태가 라면을 끓이다가 순영에게 걸려온 전화를 받는다.
돈을 빌려달라는 순영의 요구에 화가 나서 휴대폰을 던지고 액정이 깨져서
욕을 한다.

(4) 시나리오

트리트먼트보다 발전된 형태다. 영화를 찍기 위한 완성 상태로 모든
씬들이 구성요소로 채워진다. 대사나 행동 등 모든 것들이 완성의 상태
로 존재한다.

#1. 영태의 집 (오전)
영태가 라면을 끓이다가 순영에게 걸려온 전화를 받는다.

영태   무슨 일이냐?
순영   야, 너 돈 좀 있냐?
영태   또 무슨 사고를 친 거야! 돈이 내가 어딨어?
순영   야, 그러지 말구….
영태   없어, 끊어!

영태가 거칠게 전화를 끊고 휴대폰을 던진다. 깨진 액정

영태   젠장!

2. 각본쓰기

1) 각본 쓰기

이야기의 기본 구조를 짠다. 갈등 및 클라이막스를 만들어내고 자연스럽게 이어본다. 대본 형식의 경우, 한 페이지당 1분이 소요된다고 생각하면 된다. 즉, 2시간 짜리 대본은 120페이지, 90분은 90페이지 정도다.

2) 3막 구조

기본적으로 허구적 스토리텔링은 3막 구조를 많이 따른다.

(1) 1막

이야기를 전개하기 위한 기본 설정과 인물 등을 묘사한다. 시대, 장소배경, 주인공의 성격, 주인공이 닥친 상황 등을 보여주며 어떤 사건이 터질지 예측하거나 사건이 터졌을 때 주인공의 행동을 미리 예견할 수 있다. 보통 설정은 10분안에, 사건은 30분 안에 일어나야 관객의 흥미를 끌 수 있다고 하는데, 요즘은 속도감이 빠른 영화들이 인기가 많기 때문에 대부분 15분 안에 사건이 일어나야 흥미를 이끌 수 있다고 이야기하기도 한다.

1막의 마지막에서는 이야기를 이끌어 갈 갈등이 시작된다. 주인공이 예상치 못한 사건(선동적 사건)으로 어떠한 결정을 내리거나 어떠한 상황에 맞딱뜨리게 되고, 주인공이 자신의 목적을 인지하고 그것을 추구하기 위한 준비가 되면 2막이 시작된다.

(2) 2막

앞선 사건을 통해서 주인공은 곤경에 빠지게 된다. 여기서 주인공은 중대한 결정을 하게 된다. 이 과정에서 방해물이나 적대자 등이 등장하여 주인공이 원하는 바를 성취하지 못 하도록 방해한다. 이 방해는 2막이 끝날 때까지 계속 되며, 심화된다. 계속 된 위기가 쌓여서 극의 갈등 상황을 고조시키고 이야기를 클라이맥스로 이끈다.

이 때 주의할 점은 위기가 병렬적으로 나열되서는 안된다는 것이다. 위기는 내리막길로 굴러오는 눈덩이처럼 주인공이 어떤 선택을 할 때마다 손댈 수 없이 커져야 한다. 깔리면 죽는다는 필사적인 마음으로 갈등상황을 대해야 한다. 이 갈등이 가장 최고조에 이르렀을 때 주인공은 마지막 선택을 한다. 이 선택은 작가가 주입한 것이 아니라 주인공의 성격에 따라 논리적으로 행해져야 한다.

(3) 3막

이야기의 갈등이 해결되는 부분이다. 해결점이기 때문에 진행이 빠르고 간결하다. 클라이맥스에서 이야기로 전하고 싶었던 주제를 잘 전달해야 한다. 클라이맥스를 찍고 나면 갈등이 소강된다. 뿌렸던 것들을 다 거두고, 앞에서 나온 이야기들을 잘 정리한다. 열린 결말이든, 닫힌 결말이든 자신이 이야기하고 싶은 주제에 따라 선택하여 진행하면 된다.

1 자신의 아이디어를 정리해보자.

2 캐릭터를 만들고, 캐릭터 성격을 설명해보자.

3 3막구조를 이용하여 간단한 이야기를 만들어보자.

Chapter 6

협력하는 글쓰기

어느 카툰에서 '영국 끝에서 런던까지 가장 빨리가는 방법'에 대해 이야기를 한 적이 있다. 여러 가지 이야기가 나오지만, 좋은 동반자와 함께 가는 것이 가장 좋은 방법이라고 설명하고 있다. 협업 글쓰기 역시 좋은 동반자의 소중함과 필요성을 알려주는 부분이다. 지금의 현실은 다양한 정보가 넘쳐나고, 누구나 정보를 공유하고 운용할 수 있다. 그러나 다양한 정보를 개인이 혼자 소화하고 어떠한 일에 적용하기란 한계가 있다. 또한 학교생활이나 혹은 사회생활에서 가장 자주 사용하고, 필요한 부분이 협업하기이다. 협업(協業)이란 생산의 모든 과정을 여러 전문적인 부문으로 나누어 여러 사람이 분담하여 일을 완성하는 노동 형태라고 정의하고 있다. SNS시대를 맞이하여, 지금과 같은 비대면 언택트(Untact, 비대면) 시대에는 더욱 요구되는 사항이다.

이글을 읽는 여러분은 아침에 눈을 뜨면 제일 먼저 무엇을 하는가? 필자는 '짱구'를 부른다. 짱구는 필자가 이름을 붙인 인공지능 가상비서 (AI, Assitant)로, 매우 친근한 존재이다. 최근에는 가장 많이 부르는 이름이다. 인공지능 (AI) 가상비서는 텍스트와 터치, 음성을 인식하여 스마트폰에서 정보를 검색하거나 응용프로그램을 구동해주는 프로그램이다. 지금 시간, 내일 날씨 확인, 알람 설정, 문자 보내기 등등 다양한 기능을 짱구를 통해서 편하게 알 수 있다.

나 역시 주로 하루의 일과나 날씨를 묻고 듣고 싶은 음악을 틀어주도록 요청한다. 짱구는 매우 친절하게 날씨, 교통정보, 좌석버스 시간표, 신간 안내, 스케줄을 알려준다.

귀여운 아기가 노트북을 보면서 화면에 비친 자신의 모습을 신기해하기도 하며, 흐뭇한 표정으로 보는 사진을 본 적 있다. 그 사진에서 아기는 노트북을 능숙하게 다룰 수 있는 것으로 보여진다. 오랫동안 외국에서 생활했던 지인이 그곳의 아기들은 '엄마, 아빠'란 말보다 아마존 인공지능 '알렉사(Alexa)' 라는 말을 먼저 배운다고 이야기를 하는 것을 들은 적이 있다. 그만큼 생활환경이 많이 바뀌었다는 것을 알려주는 단적인 예다. 아기들 역시 전자기기를 능숙하게 다루는 세상속에 살고 있다. 우리의 삶은 이전과는 매우 다르며 매우 빠르게 변화한다. 이제는 다양한 방식으로 의사소통을 하며 우리는 스마트 기기로 보다 쉽고 편리하게 세상과 소통하게 된다.

미디어 아프 작가 Nitzan Bartov의 작품 〈Alex, Call my mom!〉은 인공지능 스피커 알렉사를 이용한 논픽션 스토리로 선댄스 뉴 프론티어 스토리랩 레지던시 2018에 선정된 작품이다. 그 내용은 어버이날 주인공이 최근에 세상을 떠난 어머니에게 연락하고 싶어한다는 것을 주된 내용으로 하고 있다. 어머니가 살던 예전 집에 찾아가 Amazon의 Alex의 새로운 '서비스'를 사용해보고자 한다. 그 서비스는 바로 죽은 사람들과 대화할 수 있는 서비스인 것이다. 위 내용은 'Alexa'를 통해 어머니의 모습이 나타나고, 주인공은 'Alexa'와 연결된 다양한 홈프로그램을 통해 어머니와 만나게 된다. 어머니와 다양한 가전제품을 통해 새로운 소통 모드를 열게 된다는 내용이다. 세상을 떠난 어머니와 디지털 기기를 통해서 만난다는 이야기는 상상이상의 것으로 우리의 삶을 다시 생각해 보게 되는 계기가 될 수 있다. 또한 디지털의 발달이 현실세계를 뛰어넘는 과거와 현재 미래까지도 연결할 수 있다는 사실이 매우 놀랍다.

이런 다양한 정보의 사회를 살다보면 우리는 과도한 정보를 생산하고 유통하는 역할을 하게 된다. 그리고 그 방대한 자료와 정보는 심지어 우리가 세상을 떠난 후에도 남겨질 가능성이 크다. 그래서 최근에 우리는 디지털 자료를 삭제해주는 일이 필요하게 되었고, 이를 위해 심지어 디지털 장의사[1])까지 등장했다. 얼마 전 페이스북을 검색하다 죽은 친구를 그리워하는 이의 댓글을 본 적이 있다. 고인이 미처 삭제하지 않은 포스팅을 보면서 남은 사람들은 그를 그리워하기도 하고 마음을 전하기도 한다. 그러나 사회적인 무리를 일으킨 정보들이 그대로 노출되어서 남아있는 경우는 삭제가 시급하다.

이 글을 읽는 독자들은 디지털원주민으로 예상된다. 디지털 원주민은 디지털 언어와 장비를 태어나면서부터 사용함으로써 디지털적인 습성과 사고를 지닌 세대로, 1980년대 개인용 컴퓨터, 1990년대 휴대전화·인터넷 확산에 따른 디지털혁명이 탄생시킨 신인류를 지칭한다. 마크 프렌스키2)라는 학자가 2001년 발표한 논문에서 처음 사용했다고 한다. 독자 여러분은 디지털 언어를 태어나면서 사용하여 능숙하게 활용할 수 있는 세대이다. 디지털 이주민인 필자와는 다르다. 글과 말이 실시간으로 소통되는 독자들은 의사소통에 매우 적극적이라고 할 수 있다. 다양한 정보와 미디어를 매우 익숙하게 다루고, 뛰어난 국제감각을 가지고 있다. 그러나 지금 사용하는 정보와 기술이 매우 수명이 짧아서 여러분은 일생을 두고 공부를 해야하는 시대를 살고 있다.

디지털시대가 되어서 동영상이라든지, 그림, 사진으로 정보를 받아들이는 일이 많아져서 전통방식의 글쓰기가 필요없을 것으로 예상했지만 실제로 우리는 모든 의사소통처리를 글로 하고 있다. 특히 코로나

---

1) 세상을 떠난 사람의 가족의 의뢰로 고인이 남긴 인터넷 계정, 게시물, 사진 등을 삭제하는 서비스를 제공하는 사람들을 말한다. 이메일 또는 홈페이지에 올린 게시물 내용삭제를 위해 포털운영업체에 제출서류를 대신 마련해 제출하고 데이터가 제대로 삭제되었는지 확인하는 일을 한다. (출처: 커리어넷 주니어 직업정보)

2) 마크 프렌스키(Marc Prensky)는 국제적으로 유명한 교육자이자 미래학자로, 2001년 '디지털 원주민(Digital Native)'과 '디지털 이민자(Digital Immigrant)'라는 신조어를 만들며 새로운 교육 모델을 제안하고 그 실현을 위해 활동 중이다.

시대를 살고 있는 지금은 이전보다 많은 소통을 글로 할 수 밖에 없다. '폰메일, 메일, 카톡, 블로그, 댓글, 인스타그램, 페이스북'을 통해 아침부터 저녁까지 우리는 아무리 글을 쓰고 싶지 않아도 적어도 한 번 이상은 글쓰기를 한다. 그러나 과거에는 식자층(識者層, 학식과 견문이 있는 계층의 사람들)만 글을 쓰는 것이 대체적이었지만, 지금은 모두가 저자가 되는 시대이다. 이처럼 매일매일 우리는 글을 쓴다. 이렇게 글쓰기가 중요해졌다. 그 중에서도 사회의 곳곳에서 반드시 필요한 협업의 글쓰기는 꼭 익혀두어야 한다.

우리가 살고 있는 이 사회에는 사용할 수 있는 정보가 너무나 많아서 홀로 정보를 처리하기가 어렵다. 그래서 글쓰기에도 분업이 필요하다. 실제로 연구자인 나역시도 매일 글쓰기를 하면서 다른 연구자들과 연구계획서 작성, 공동 논문작성 등 협업을 하고 있다. 우리가 후에 취업을 하면 이메일 업무지시, 홈페이지 관리, 사업계획서 만들기, 보고서 작성, 제안서 작성, 보도자료를 작성할 때 공유하기 방식을 통해 지속적인 협업을 해야한다. 이제 우리사회에서 혼자서 어떠한 작업을 수행한다는 것은 너무나 어렵고 힘든 일이 되었다.

협업하는 글쓰기에는 다양한 방법이 있지만 이번 장에서는 가장 손쉬운 구글 드라이브 사용에 대해 이야기하고자 한다. 구글 드라이브를 사용해 본 적이 있을 것이다. 구글 드라이브를 이용해서 협업글쓰기를 해보도록 하겠다.

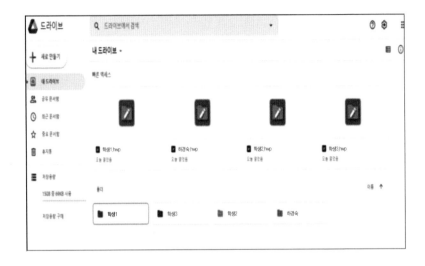

구글 설정앱에 들어가서 세모그림을 누르면 드라이브에 들어가진다. 드라이브를 열어보면 학생1, 학생2, 학생3 파일이 있다. 우리는 공유문서를 함께 이용할 것이다. 각자 파일에 여러분의 글을 넣어서 공유하도록 해보자. 지금같은 비대면시대에 수업을 할 때는 쉽게 접근할 수 있는 구글 드라이브가 더욱 유용하다.

오늘 함께할 학습활동은 협력하는 글쓰기이다. 주제는 우리의 후배가 될 신입생이 네이버 지식인에 우리 학교에 대해 질문을 하였다. 이에 우리들이 협력하여 지금부터 00대학교를 안내하는 글쓰기를 한 편의 글을 완성하도록 하는 것이다. 지금부터 스마트 기기를 꺼내서 써보도록 하자.

한 편의 글을 완성하기 위해 우선 각자의 글을 작성한 파일을 열어보았다. 학생1은 000대학교에 올 수 있는 교통편에 대해 글을 썼다. 학생2은 00대학교의 장점에 대해 설명하고 있다. 학생3은 00대학교 주변환경에 대해 설명하고 있다. 각자 맡은 부분을 성실하게 작성하고 있다.

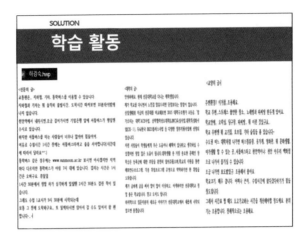

이러한 글을 바탕으로 선생님은 학생들의 글을 우선 붙였다. 그리고 완결된 한편의 글을 작성하기 위해 개인의 글을 첨삭하는 작업을 하고자 한다.

이러한 글을 바탕으로 선생님은 학생들의 글을 우선 붙였다. 그리고 완결된 한편의 글을 작성하기 위해 개인의 글을 첨삭하는 작업을 하고자 한다.

학생들이 쓴 글을 바탕으로 피드백을 한 내용은 다음과 같다. 학생1은 열심히 조사한 자료를 바탕으로 글을 쓰고 있다. 다만 글을 시작할 때 질문자의 물음에 대한 설명이라고 이 글의 목적을 설명해주는 것이 필요하다. 또한 글의 통일성을 해치고 어법에 맞지 않는 부분은 삭제를 했다. 무엇보다 이 글은 협업하는 글쓰기로 각자가 맡은 부분이 있는데도 불구하고, 스스로 한 편의 완결된 글을 만들어 왔다. 이는 오히려 다른 학생들에게 어려움을 줄 수도 있다.

학생2의 글을 보도록 하겠다. 학생2의 글에서는 제일 중요한 주어가 빠졌다. 또 문장에서 주체높임선어말 어미인 '시'를 많이 사용하고 있다. 학생2는 이 글의 성격을 잘못 이해하고 있다. 이 글이 일기라면 '시'를 사용해도 괜찮겠지만, 이 글은 설명을 하는 글이다. 또한 '후덜덜'이라는 단어는 구어에서 사용하는 어휘라고 할 수 있어서 글의 목적과 불일치하고 있다. 또한 이모티콘을 과도하게 사용하고 있다.

학생3의 글은 학교 주변의 환경이 조용하고 넓다는 것에 대해 설명하는데 '넓다'는 의미를 '크다'로 사용하고 있다. 말줄임표를 과다하게 사용하고 있다, 또한 목적어를 자주 생략하고 있다. 첨삭을 바탕으로 학생 1, 2, 3이 또 한번 고쳐서 구글 드라이브에 넣어둔 내용이다.

SOLUTION

4. 조별 활동 점검

파일을 열어보니 완성된 글이 되었다. 피드백을 한 부분을 중심으로 주제의 통일성에 맞추어서 잘 정리를 했다. 서로 정리하기가 쉽지 않았을텐데 적절하게 연결어를 사용하여 한 편의 완성된 글이 되었다.

협력하는 글쓰기를 하다보면 때로는 자신의 글을 많이 삭제해야 하는 경우도 있고, 자신의 생각을 더욱 많이 첨부해야하는 경우도 있다. 또 함께 작업하는 이들이 서로가 생각이 너무 달라서 마음을 상하기도 하고 작업이 원활하지 않은 경우도 많이 있다. 그러나 협업은 우리에게 꼭 필요한 부분이다. 앞으로 우리가 살아갈 세상은 협업을 하지 않고는 살 수 없다. 또 협업을 통해 더 나은 자신의 의사를 표현하고 사고를 확장할 수 있다.

우리는 협업의 글쓰기를 생각해보았다. 가장 단순한 과정이라고 생각했지만 서로의 생각을 정리하고, 자료를 찾고, 자료를 선택하여 배열하는 일들은 쉽지 않다고 생각한다. 우리가 한 작업은 검색(search), 읽기(Read), 공유(Share)라는 방식을 활용하는 것이다. 디지털 시대에서 사용하고 있는 독특한 방식의 글쓰기이다. 우리가 공부한 협력하는 글쓰기는 여러분 스스로 자료를 검색하고, 다양한 자료를 읽고, 서로가 공유하는 작업이다. 앞으로 우리가 살아갈 시대는 협업과 공유의 시대이다. 협업 글쓰기 학습활동을 기반으로 앞으로 더 심화된 협업 글쓰기를 할 수 있을 것으로 예상한다.

|학|습|활|동|

다음의 주제를 바탕으로 협력하는 글쓰기를 완성해보자.

1 우리 대학을 소개하기.

2 대학생활을 잘 할 수 있는 방법을 소개하기.

3 20대에게 적합한 아르바이트를 소개하기.

4 동아리 후배들에게 우리 동아리에 대해 알려주기.

5 디지털 시대에 글쓰기의 장점에 대해 생각해보기.

6 SNS 소통의 장점에 대해 생각해보기.

Chapter 7

SNS시대 맞춤법

1 맞춤법의 원리를 이해할 수 있다.

2 SNS에서 활용하여 정확한 단어와 문장 쓰기를 할 수 있다.

SNS는 Social Network Service로 사회적 관계망을 구축해 주는 서비스이지만 잘못 사용한 어법이나 맞춤법으로 인해 오히려 사회적 관계가 끊어질 수 있다.

지난달 취업포털 잡코리아가 기업 인사담당자 238명에게 설문조사한 결과, 10명 중 9명은 "한글 맞춤법이 잘못된 자기소개서를 본 적이 있다"고 답했습니다. 특히 인사담당자 43.3%는 '서류전형 평가 결과가 합격 수준으로 높아도 맞춤법 등 국어실력이 부족해 보이면 탈락시킨다'고 응답 취업에도 큰 영향을 미치는 것으로 나타났습니다.

자기소개서에서 자주 틀리는 맞춤법은 '돼/되' '로서/로써', '몇 일/며칠', '역할/역활'이었습니다.

맞춤법을 자주 틀리는 이성은 매력도 떨어졌습니다. 아르바이트 구인구직 포털 알바몬이 대학생 418명에게 설문을 한 결과, 84%가 '상습적으로 맞춤법이 틀리면 호감도가 떨어진다'고 답했습니다. 여학생은 90.3%가 '호감이 떨어진다'고 말해 남학생(72.7%)보다 맞춤법에 더 민감한 반응을 보이는 것으로 나타났습니다.

김하나(28·여)씨는 "남자친구와 카톡을 하다 보면 '되'와 '돼'를 항상 틀리게 써서 답답할 때가 있다"며 "일부러 바로 아래 맞춤법이 맞는 단어를 써서 문장을 만들기도 한다"고 말했습니다.

- <출처: "항상 맞춤법 틀리는 친구, 말은 안하지만…", 머니투데이, 2016.10.22>

이처럼 맞춤법을 제대로 알지 못하면 사회적 관계를 유지하는 데 큰 어려움을 겪을 수 있다.

평소 SNS에 올린 나의 글은 어떠했는지 점검해보자. 쉬운 맞춤법을 자주 틀렸다면 나도 모르는 새 상대방이 '언팔'하거나 나의 능력을 낮추어 볼 확률이 크다.

1. 맞춤법이란?

한글 맞춤법 규정 제 1항
한글 맞춤법은 표준어를 소리대로 적되 어법에 맞도록 함을 원칙으로 한다.

한글 맞춤법은 우리말을 표기하는 규칙 전반을 일컫는 말이다. 현재의 맞춤법은 1933년 조선어학회가 발표한 '한글 맞춤법 통일안'을 기본으로 하였으며 1988년 문교부가 확정·고시했다.

한글은 표음 문자(表音文字)이며 음소 문자다. 자음과 모음의 결합 형식에 의해 소리나는 대로 글을 적는다. 예를 들면 나무, 아기, 우주, 고구마 따위는 표준어를 소리나는 대로 적는 것이다. 즉 "소리대로 적되 어법에 맞도록 함"이라는 것은 표음문자, 음소 문자로서의 특성과 음절 글자로서의 특성을 함께 지닌 한글의 특성을 반영한 것이다.

다음 '꽃'이라는 단어를 예로 들어보자.

'꽃[花]'이란 단어는 발음 형태가 몇 가지로 나타난다.

꽃이 - 꼬치
꽃도 - 꼳또
꽃만 - 꼰만
꽃을 - 꼬츨
꽃은 - 꼬츤

만약 꽃을 소리나는 대로 적는다면 어떻게 될까? 아마 무엇을 의미하는지 그 뜻을 알기 힘들 것이다. 같은 뜻의 형태소나 낱말을 같은 형태로 고정시킴으로써 의미를 쉽게 파악하고 전달하기 쉽도록, 발음이 어떠한 식으로 바뀌더라도 각 형태소의 본 모양을 밝히어 적는다. 즉 "어법에 맞도록 함"이라는 규정은 한글을 무조건 소리 나는 대로 적을 경우에 생길 수 있는 불합리한 점을 방지하는 것이다.

2. 9품사(九品詞)

품사란 단어를 문법상 의미와 형태, 기능으로 분류한 갈래를 말한다.

- 체언(명사, 대명사, 수사)
- 용언(동사, 형용사)
- 관계언(조사)
- 수식언(관형사, 부사)
- 독립언(감탄사)

1. 명사: (예를 들어) 책, 볼펜, 사람, 안경, 하늘
2. 대명사: (예를 들어) 그, 이것, 저것, 너, 나, 우리
3. 수사: (예를 들어) 하나, 둘, 셋, 넷, 일, 이, 삼, 사
이 세 가지 품사를 묶어서 '체언(體言)'이라 한다. '체언'이라는 말은

문장의 '몸'과 같은 역할을 한다. 주어, 목적어, 보어로 사용되며 이들 품사는 그 모양이 바뀌지 않는다.

4. 동사: (예를 들어) 가다, 먹다, 달리다
5. 형용사: (예를 들어) 착하다, 밝다, 예쁘다
이 두 가지를 묶어서 '용언(用言)'이라 한다. 움직임을 나타내는 동사와 모습이나 성질을 나타내는 형용사. 이들 '용언'은 체언과 연결되어 서술의 역할을 한다. 용언은 체언처럼 고정되어 있는 것이 아니라 활용 (活用)된다. 예를 들어 '보다, 보니, 보면…' 등으로 모양이 변화된다.

6. 관형사: (예를 들어) 이, 그, 저
7. 부사: (예를 들어) 아주, 매우, 깡충깡충, 졸졸, 그러나, 그리고
이 두 가지를 묶어 '수식언'이라 한다. 관형사는 체언을 수식하고, 부사는 용언을 수식한다. 이들은 그 모양이 바뀌지 않는다. 즉 활용되지 않는다.

8. 감탄사: (예를 들어) 아, 오, 앗
이것은 '독립언'이라 한다. 문장을 이룰 때 따로 한 문장이 되기 때문이다. 예를 들어, "아! 멋있다." 라는 문장은 두 개의 문장이다.(느낌표나 마침표, 물음표가 사용되면 한 개의 문장이 된다.)

9. 조사: (예를 들어) 은, 는, 이, 가, 을, 를, 의, 이다
이것을 '관계언'이라 한다. 체언에 붙어 쓰이면서 체언 사이의 관계를 보여준다는 뜻이다. 예를 들어, '나의 책'이라고 하면, 두 체언 '대명사'와 '명사' 사이의 관계가 '수식'임을 알 수 있다는 뜻이다.

이 중에서 '이다' 조사는 활용이 된다. '이다. 이었다. 이었을까? 일지도, 이면' 등으로 그 모양이 바뀔 수 있다.

〈더 알아보기〉

- 9품사 중에서 활용되는 것은 세 가지, <동사, 형용사, 서술격 조사>이다.
- 활용이란 어간에 어미가 붙어 변화하는 것을 말한다

- '가-'+ (다, ㅁ, 기, 자, 니?, 더라, 고, 니까)
- 가(어간) + 다(어미) = 동사(서술어 역할)
- 가(어간) + 기(어미) = 명사형(주어 역할 가능)

---

3. 띄어쓰기

띄어쓰기의 제 1규칙은 조사는 앞말에 붙이고 뒷말과 띄는 것이다. 문장의 각 단어는 띄어 씀을 원칙으로 한다. 단어는 독립적으로 쓰이는 말의 단위이다. 따라서 단어를 단위로 하여 띄어 쓰는 것이 합리적이다. 조사는 그 앞말에 붙여 쓰며 의존 명사는 띄어 쓴다. 조사란 체언이나 부사, 어미 따위의 뒤에 붙어 그 말과 다른 말과의 문법적 관계를 나타내거나 그 말의 뜻을 도와주는 품사를 말한다.

예) 나는 버스가 오는 줄을 몰랐다.

두 말을 이어 주거나 열거할 때에 쓰이는 다음의 말들은 띄어 쓰도록 한다.

학생 **겸** 직원
아홉 **내지** 열
1반 **대** 2반
불고기, 비빔밥 **등**이 있다.
사장 **및** 직원들
사과, 배, 바나나 **등등**
속초, 삼척 **등지**

의존 명사는 혼자서는 쓰일 수 없는 뜻이 없는 명사를 말한다. 즉 앞에 있는 수식어에 '의존'하는 명사이다. 대다수의 학생들이 의존명사의 띄어쓰기를 틀리는 경우가 많다. 다음 의존 명사의 띄어쓰기를 정확하게 알아보자.

- 의존 명사 '수'

'수'가 용언(동사, 형용사) 아래 오는 경우 의존 명사가 되기 때문에 띄어 쓴다.

ⓐ 당신 같은 대학생이 그런 힘든 일을 할 수 있겠어요?
② 저는 과제를 할 수 없었어요.

- 의존 명사 '데'

'데'가 의존 명사가 될 때는 다음과 같은 세 가지 경우이다. 이 때에는 반드시 띄어쓰기를 해야한다.

㉠ '곳'이나 '장소'를 나타낼 때
예) 여기 좋은 데가 어디냐?

㉡ '상태'나 '처지', '경우'를 나타낼 때
예) 속상한 데는 수다가 제일 좋다.

㉢ '것'이나 '일'을 나타낼 때
예) 정리하는 데도 재능이 필요하다.

- 의존 명사 '것'
'것'이 용언(동사, 형용사) 아래 올 때는 의존 명사가 되기 때문에
띄어 써야 한다.

이 문제를 누가 풀 것이냐?

- 의존 명사 '만큼'과 보조 형용사 '만한'
'만큼'과 '만한'이 용언 아래 올 때는 의존 명사와 보조 형용사가 되어
서 띄어 써야 한다.

용인아, 네가 먹을 만큼만 먹어라.
송담아, 공부 할 만하니?

◎ '만큼'이나 '만한'이 체언(명사, 대명사, 수사) 아래 올 때는 붙여
쓴다.
예) 너만큼은 나도 한다.
네가 갖고 있는 것이 내 것만하니?

- 의존 명사 '지'

어떤 동작이 있었던 때로부터 지금까지의 시간을 나타낼 때는 의존 명사로 쓰이기 때문에 띄어 쓴다.

◎ 용언의 어간이 'ㄴ' 받침으로 끝난다.

　　예) 송담아, 네가 우리 학교에 다닌 지 얼마나 되었니?

◎ 용언의 어간이 'ㄴ' 받침으로 끝나지 않는 경우는 어미로 쓰이기 때문에 붙여 쓴다.

　　예) 그 일이 될지 안 될지 모르겠다.

- 조사 '~부터'

'부터'는 조사이므로 띄어 쓰지 않는다.

예) 아홉 시부터 수업을 시작한다.

　　무엇부터 시작해야 할지 모르겠다.

- '못하다'와 '못 하다'

용언(동사, 형용사)의 부정 어미 '~지' 아래에 쓰이거나 비교를 나타내는 '~보다' 아래에 쓰일 때는 붙여 쓰고(못하다), 그 외에는 모두 띄어 쓴다(못 하다).

예) 너는 그 아르바이트를 하지 못할 걸.

　　네가 나보다 못한 게 뭐냐?

　　너보다 못 하여 속이 쓰리다.

- 관형사 '~같은'과 조사 '~같이'

둘 다 명사·대명사 아래에 쓰이지만 '~같은'은 관형사이므로 띄어 쓴다. '~같이'는 보조사이므로 붙여 쓴다.

> 사과 같은 그녀의 얼굴.
> 호수같이 맑은 그의 눈.

◎ '같이'가 부사로 쓰이는 두 가지 경우에는 다음에 오는 용언과 띄어 쓴다.

① 함께의 뜻일 경우 -   예) 나와 같이 학교 가자.

② 동일하다는 뜻일 경우 -   예) 이 것과 같이 해 봐.

- '~ 때문에'

어떤 원인을 나타내는 의존명사 '때문'과 조사 '~에'가 결합되어 하나의 어절이 되는 경우에는 반드시 앞의 어절과 띄어 쓴다.

예) 너 때문에 속상해.

- '대로'

'대로'가 용언 아래 올 때는 의존 명사가 되어 띄어쓰고, 체언 뒤에 올 때는 조사가 되어 붙여쓴다.

예) 보고 싶은 것은 보고 싶은 대로 있자. (의존 명사)

너는 너대로 나는 나대로 하자. (조사)

- 숫자 띄어쓰기

단위를 나타내는 명사는 띄어 쓰는데 순서를 나타내는 경우나 숫자와 어울려 쓰이는 경우에는 붙여 쓸 수 있다.

① 숫자에 단위를 나타내는 명사를 붙일 때는 띄어 쓴다. → 한 개, 한 대, 한 채, 천 원

② 순서를 나타내는 경우, 아라비아 숫자와 같이 쓸 때는 붙여 쓸 수 있다. 접미사 '여(餘)'가 붙으면 띄어 쓴다. → 한시 이십분 초, 일학년, 2025년 1월 1일, 5억원, 10여 분간

③ 수를 한글로 적을 때는 '만(萬)' 단위로 띄어 쓴다. → 이억 삼천이 백삼십삼만 이천삼백삼십삼 / 2억 32335만 2333

4. 나의 맞춤법 실력 점검하기

맞춤법은 언뜻 보아서는 별 것 아닌 것 같기도 하고 쉬워 보이지만 막상 제대로 사용하려면 여간 어려운 것이 아니다. 다음은 SNS 상에서 자주 틀리는 맞춤법이다. 비슷한 발음 혹은 모양이 비슷해서 혼동하기 쉽다. 내가 모르거나 잘못 알고 있는 것은 없는지 확실하게 점검해보자.

ㄱ

가던지 오던지→가든지 오든지 ☐

겉잡을 수 없이→걷잡을 수 없이 ☐

경쟁율→경쟁률 ☐

개구장이→개구쟁이 ☐

가르키다→가르치다 ☐

기달려→ 기다려 ☐

곰곰히→곰곰이 ☐
구지→굳이 ☐
금새→금세 ☐
그렇치만→그렇지만 ☐
괴변→궤변 ☐
꼴갑→꼴값 ☐

ㄴ

나무가지→나뭇가지 ☐
날으는→나는 ☐
날자→날짜 ☐
남비→냄비 ☐
내노라 하다→내로라 하다 ☐
네째→넷째 ☐
누누히→누누이 ☐

ㄷ

닥달하다→닦달하다 ☐
달달이→다달이 ☐
댓가→대가(對價) ☐
더우기→더욱이 ☐
덥히다→데우다 ☐
돐→돌 ☐
뒷편→뒤편 ☐
들여마시다→들이마시다 ☐

ㄹ

로타리→로터리 ☐

머릿말→머리말 ☐

먹던지 말던지→먹든지 말든지 ☐

멀지않아→머지않아 ☐

멋장이→멋쟁이 ☐

ㅁ

무릎팍→ 무르팍 ☐

말아죠→말아줘 ☐

멋장이→ 멋쟁이 ☐

모듬회→ 모둠회 ☐

몇일→며칠 ☐

무릎쓰고→무릅쓰고 ☐

무엇이던지→무엇이든지 ☐

무뇌한→문외한 ☐

ㅂ

벌칙금→범칙금 ☐

바래지 말고→바라지 말고 ☐

반듯이→반드시 ☐

발자욱→발자국 ☐

밧데리→배터리(전지) ☐

비로서→비로소 ☐

빈틸터리→빈털터리 ☐

빛갈→빛깔 ☐

ㅅ

사람으로써→사람으로서 ☐

색갈→색깔 ☐

설겆이→설거지 ☐
숫가락→숟가락 ☐
승낙→승낙 ☐
쉽상이다→십상이다 ☐
싫컷→실컷 ☐

ㅇ

아뭏든→아무튼 ☐
안 되?→안 돼? ☐
일부로→일부러 ☐
어떻든→어떠튼 ☐
알맞은→알맞은 ☐
얼마던지→얼마든지 ☐
인마→ 임마 ☐
오랫만에→오랜만에 ☐
역활→역할 ☐
왠 떡이니→웬 떡이니 ☐
웬지→왠지 ☐
윗어른→웃어른 ☐

ㅈ

잠구다→잠그다 ☐
저마치→저만큼 ☐
저희나라→우리 나라 ☐
점장이→점쟁이 ☐
주책이다→주책없다 ☐
재떨이 →재떨이 ☐

ㅊ

참피온→챔피언 ☐
촛점→초점 ☐
치루다→치르다 ☐
치과→치과 ☐

ㅋ

칼라→컬러 ☐
켸켸묵은→케케묵은 ☐
코메디→코미디 ☐

ㅌ

턱도 없다→택도 없다 ☐
태잎→테입 ☐
텔레비젼→텔레비전 ☐

ㅍ

푸르른 날은→푸른 날은 ☐
풋나기→풋내기 ☐
피기→핏기 ☐
필림→필름 ☐

ㅎ

~하는대→~하는데 ☐
하던지 말던지→하든지 말든지 ☐
하마트면→하마터면 ☐
하루밤→하룻밤 ☐
흐리멍텅하다→흐리멍덩하다 ☐

흐뭇하게→흐뭇하게　　　　　　　□

햇님→해님　　　　　　　　　　□

화일→파일　　　　　　　　　　□

휴계실→휴게실　　　　　　　　□

우리말 정확하게 사용하기 위해 다음을 활용해보자!

맞춤법 검사기 http://speller.cs.pusan.ac.kr/results

국립국어원 표준국어대사전, 우리말샘 https://stdict.korean.go.kr/main/main.do

국립국어원 온라인가나다
　https://www.korean.go.kr/front/onlineQna/onlineQnaList.do?mn_id=216

맞춤법 검사기 http://speller.cs.pusan.ac.kr/results

|학|습|활|동|

1 '송담이는 공부를 열심히 한다.'의 품사를 알아보자.

(　)+(　)　(　)+(　)　(　)　(　)

2 다음 문장을 정확하게 띄어 써 보자.

교수님께서말씀하시는것과같이해보자.

⇨ _____

본대로느낀대로있는그대로말해보렴.

⇨ _____

3 SNS시대 맞춤법이 중요한 이유는 무엇인지 설명해보자.

_____

_____

책읽고 글쓰기

1. 책읽고 글쓰기, 필요한 이유

책을 보다 깊이 읽고 자신이 읽은 내용을 점검하며 폭넓은 사고를 하기 위해서는 책을 읽고 글을 기록하는 것이 필요하다. 독서기록을 통해 책에 관련된 정보를 분류, 정리할 수 있고 언제부터, 어떤 분야에 관심이 있었는지, 어떤 목표로 읽었는지 자신의 흔적과 앞으로 나아갈 바를 예측할 수 있다.

2. 진로를 찾는 책 읽고 글쓰기

우리는 책을 통해 꿈을 찾을 수 있다. 자신이 실제로 경험하지 못한 내용을 책을 통해 간접 경험함으로써 자신의 꿈을 발견하고, 소질과 특성에 맞는 미래 전공분야, 직업 등을 찾을 수 있다. 또한 자신이 좋아하는 취미, 꿈, 흥미와 관련된 독서, 관심분야의 확장을 통해 자신의 진로를 준비하고 그와 관련된 다양한 지식을 쌓을 수 있다.

3. 책은 어떻게 읽을까

먼저 책 선정은 자신이 읽고 싶은 내용, 즉 관심분야, 흥미있는 내용부터 시작하는 것이 좋다. 그리고 그 분야의 책에는 어떠한 종류가 있는지 리스트를 뽑아보고 독서계획을 세워본다. 차츰 자신의 관심분야에서 시작해서 철학, 역사, 문학, 종교 등 다양한 책과, 새로 나온 책과 고전 등을 적절히 배분해서 읽을 수 있도록 노력하는 것이 좋다.

스스로 읽을 책을 선정해서 '읽고 기록을 관리하는 것' 자체가 자기계발과 미래를 준비하는 자세이다.

이렇게 자신의 관심분야와 관련되어 꾸준히 독서를 하다 보면, 책 내용 속에서 특정 주제와 관련된 또 다른 주제를 발견하게 된다. 그러면 그 다른 주제와 관련된 책을 연결해서 읽고 큰 주제에서 작은 주제로 가지를 뻗다 보면 상호 연관된 정보를 익힐 수 있을 것이다.

책을 읽는 이유는 무엇인지 어떻게 읽는 것이 궁금할 때에는 책읽기 방법에 관한 책을 먼저 읽어보면 좋다. 그러나 무엇보다 중요한 것은 바로 지금 책을 읽고 기록을 해야겠다는 마음가짐이다.

1) 독서기록노트

처음 독서기록노트를 쓸 때에는 책이름, 지은이, 출판사 등과 주인공, 줄거리, 간단한 느낌 등을 쓰게 한다. 어느 정도 익숙해지면 주인공에 대한 정보 수집, 인상 깊었던 구절과 그 이유, 이야기 구조를 파악해보고 나와 책 속의 삶과 연관지어 생각해보고 비평을 해본다.

|워|크|시|트|

1. 책을 읽은 때 :   년   월   일
2. 책 이름 :   저자 :   출판사 :
3. 책의 요지 :
4. 인상 깊은 내용과 그 이유 :
5. 느낀 점 자유롭게 표현하기(글, 그림) :
6. 책을 읽기 전과 읽은 후 나의 변화는?
7. 다음에 읽고 싶은 책은?

2) 독서비평글(서평) 쓰기

서평이란 책의 내용을 평하는 글이다. 책을 읽고 주관적인 감상을 쓰는 것이 아니라 책을 읽지 않은 독자를 책의 길로 안내하는 길잡이 역할과 저자의 논지에 대해 의견을 제시할 수 있어야 한다.

서평을 잘 쓰려면 먼저 이 작품에서 말하고자 하는 바가 무엇인지 저자의 의도를 파악하고 이에 대한 자신의 견해를 쓴다.

|워|크|시|트|

1. 책을 읽은 때 :	년 월 일
2. 책 이름 :	저자 : 출판사 :
3. 책의 요지 :	
4. 인상 깊은 내용과 그 이유 :	
5. 저자에게 하고 싶은 말은	

6. 책을 읽고 긍정적 평가/부정적 평가하기
7. 추천하는 말

3) 독서 일기 쓰기

독서일기는 책을 읽고 느끼고 생각한 내용을 일기형식으로 기록하는 것이다. 책의 주인공이 되어 일기를 써도 좋고 편지글 등 다양하게 써도 좋다.

1. 책을 읽은 때 :	년 월 일

2. 책 이름 :   저자 :
                           출판사 :

3. 등장인물 소개하기 :

4. 책 속의 등장인물에게 편지쓰기 :

5. 가장 인상깊은 구절은 :

6. 등장인물이 처한 상황과 비슷했던 경험 찾아보기 :

4. 자유롭게 기록하기

책 제목과 저자 :

읽은 날짜 :

어떻게 살아야할지 고민하는 십대들에게
권해주고 싶은 책

겐타의 원맨쇼 - 예원출판사/하시모토 오사무지음

정성현 씀

대학을 이제 막 졸업하고 취업을 앞 둔 학생들의 진로 상담을 해줄 때가 많습니다. 얼마 전 한 학생이 입사하고 싶은 회사는 정했는데 구체적으로 어떤 분야를 선택해야할 지 모르겠다고 합니다. 자신은 공부를 왜 해야 하는지 몰랐지만 그냥 학교를 남들처럼 다녔고, 성적에 맞추어 대학까지는 졸업했는데 이제 어떤 분야의 일을 구체적으로 선택해야 할 지, 자신이 무엇을 좋아하는지 잘 모르겠다고 합니다.

회사에 지원하기 위해 쓰는 자기 소개서에는 대부분 그 회사를 선택한 이유, 앞으로 회사에서의 포부는 무엇인지, 자신의 강점은 무엇인지 등을 요구합니다. 누군가는 어릴 때부터 꿈을 찾고 그 꿈을 향해 노력하는 경우도 있지만 누군가는 대학 졸업 후 혹은 중년의 나이에 자신이 원하는 꿈을 발견하기도 합니다.

원하는 진로가 정해져있고 반드시 이루어야 한다는 목표설정과 동기부여가 되어있는 학생만 밝은 미래를 맞이하는 것일까요? 대학에 진학하기 전까지는 구체적인 목표가 없었지만 대학 진학 후 더욱 열정적으로 공부를 하는 학생도 많고 대학 졸업후 아르바이트를 하다가 자신의 진짜 적성을 찾는 사람들도 많습니다.

누군가는 오랜 사회생활 끝에 그렇게 싫어했던 공부를 하고 싶어서 다시 대학의 문을 두드리는 경우도 있습니다. 그러나 요즘은 '꿈'마저도 강요당하고 구체적으로 '장래희망'을 갖기를 요구하는 분위기가 만연합니다.

'겐타의 원맨쇼' 책에 드러난 일본 역시 예외는 아닌가 봅니다. 공부를 잘하는 아이도 그렇지 못한 아이도 모두 대학에 가기 위해 입시공부를 합니다. 겐타는 특별히 대학에 가겠다는 동기가 없어서 나름대로 고3 생활을 의미있게 보내고 싶어합니다. 겐타는 다른 친구들이 한결같이 공부만 하자 할 일이 없어서 청소당번을 자처합니다. 학교에서 교내 축제를 열자 겐타는 흥분했지만 다른 학우들은 대학입시 수험준비 공부로 축제에는 관심이 없습니다. 축제에 참여하고 싶은 겐타는 결국 혼자 자신이 제안한 만화 캐릭터 10명분의 모형을 힘들게, 쉬는 시간 틈틈이 만들게 되고 결국 성공적으로 축제는 막을 내립니다. 축제가 끝나자 겐타는 또 할 일이 없어서 청소당번을 자처합니다.

겐타는 특별히 대학에 들어가야겠다는 생각을 하지 않았지만 다른 친구들처럼 몇 군데 대학 시험을 보지만 불합격합니다. 친구들도 대부분 고배를 마셨겠죠? 겐타는 졸업식 날 집에 돌아와 큰소리로 웁니다. 어차피 시험에 떨어질 것을, 공부도 제대로 하지도 않으면서 축제 때 왜 모두 자신을 도와주지도 않고 즐기지도 못했는지, 왜 함께 마지막 고등학교 시절 추억을 만들지 못했는지 분하고 억울해서 눈물을 멈추지 않습니다. 그런 겐타가 나중 다시 마음을 먹고 공부하며 학교에 도전합니다.

겐타의 원맨쇼 (공부를 못해도 괜찮아)를 쓴 하시모토 오사무는 1948년 도쿄의 한 아이스크림 집 아들로 태어났습니다. 어른이 되어 도쿄대학을 진학하고 작가가 되어 자신의 학창시절(초·중·고)을 '공부'라는 관점으로 담담하게 썼습니다. 이 이야기는 대부분 초등학교 시절 이야기입니다. 작가는 '작가의 말'에서 당연히 학교에는 '공부 이외에도 중요한 것이 많다'며 그러한 내용을 겐타를 통해 말하고 싶어 합니다. 겐타는 학창시절 초반 공부 못하고, 말없는 아이로 보냈지만 차츰 친구사귀는 법도 알게 되고, 경품으로 주는 동화책을 통해 책읽기를 좋아하는 아이로 변하고, 그 누구보다 건강한 아이로 성장해 갑니다.

이 책을 읽으면서 겐타 같은 아이를 좀 더 잘 이해할 수 있는 어른이 되어야겠다는 생각을 참 많이 했습니다. 누구나 자신만의 걸음이 있습니다. 모두 자신 만의 빛깔로 자신의 개성을 드러낼 수 있다면 세상은 보다 재미있는 곳이 될 수 있겠지요.

이 책은 공부를 하지 말라는 이야기도 아니고 꿈을 갖지 말라는 이야기도 아닙니다. 미래에 대한 비전도 보이지 않고 친구들에 비해 초라하게 보이는 자신, 왜 대학에 입학해야하는지 모르지만 모두 가려고 하니까 덩달아 학교에 온 친구들도 저마다의 생각과 느낌으로 한걸음씩 성장할 수 있다는 것을 알려줍니다. 이 책은 똑같은 경쟁의 대열에서 똑같은 목표를 사는 것이 아닌, 조금은 느리지만 언제인가 자신 만의 구체적인 목표를 세우고 인생을 도전적으로 살아갈 수 있는 힘을 키우는 것이 좋다는 이야기를 하고 있습니다.

지금 우리 사회에서 수많은 '겐타'같은 친구들, 공부는 그다지 좋아하지 않지만 나름 자신만의 방법으로 열심히 살아가는 청소년, 자신의 진로를 고민하는 학생들에게 이 책을 추천합니다.

"여러분, 천천히 가도 괜찮습니다. 나의 인생, 앞으로도 걷고, 뒤도 돌아보며 가끔 옆길로 새면서도 묵묵히 꿈을 향해 걸어가면 됩니다."

부록 2

No.

No.

Memo

Memo

Memo

Memo

Memo

Memo

/ 저자 소개 /

정성현

용인송담대학교 강사. 학부에서 문예창작을 전공하고 대학원 박사과정에서 공연영상미디어컨텐츠 공부를 하고 있다. 교육커뮤니케이션연구소 소장. 세종인문학연구소장으로 우리 옛글과 문화를 연구하고 있다. 교보문고 독서코칭 강사, 한국교원연수원에서 읽기와 쓰기 강의, 서울대학교 사범대학 연수원, 삼성제일모직 등에서 인문학 강의 등 활발하게 저술과 강연을 하고 있다. 지은책으로 『함께 독서』, 『세상에서 가장 아름다운 상처』, 『애들아, 신화로 글쓰기 하자』, 『대학생을 위한 맛있는 독서토론』 등이 있다.

하경숙

문학박사. 용인송담대 강사. 선문대학교 교양학부 계약제교수. (사)온지학회 법인이사, 숭실대학교 <문학과예술연구소> 연구원. 동양문화연구원 이사, 한국시조학회 이사, 진단학회 이사, 한국 리터러시학회 이사, 퇴계학논총 편집위원, 중앙어문학회 감사.
우리 고전문학에 나타난 다양한 인물의 형상과 후대 변용을 살피는 작업에 집중하여 연구의 스펙트럼을 넓히고 있다. 2017년 세종도서 학술부문 선정. 저서로는 『한국 고전시가의 후대 전승과 변용 연구』, 『네버엔딩스토리 고전시가』, 『고전문학과 인물 형상화』, 『대학생을 위한 맛있는 독서토론』이 있고, 그 외 논문은 다수가 있다.

김정인

용인송담대학교 강사. 문학석사. 학부는 언론과 영화를 전공. 여성과 청년, 우울 등에 관심을 가지고 연구하고 있다. 에세이집 『나를 앓던 계절들』, 『대학생을 위한 맛있는 독서토론』을 펴냈다.

대학생을 위한
SNS 글쓰기

초판 인쇄 2021년 2월 17일
초판 발행 2021년 2월 28일

저   자 | 정성현·하경숙·김정인
펴 낸 이 | 하운근
펴 낸 곳 | 學古房

주   소 | 경기도 고양시 덕양구 통일로 140 삼송테크노밸리 A동 B224
전   화 | (02)353-9908 편집부(02)356-9903
팩   스 | (02)6959-8234
홈페이지 | http://hakgobang.co.kr/
전자우편 | hakgobang@naver.com, hakgobang@chol.com
등록번호 | 제311-1994-000001호

ISBN 979-11-6586-147-6 93800

값 : 11,000원

■ 파본은 교환해 드립니다.